El futuro es un lugar extraño

CYNTHIA RIMSKY
El futuro es un lugar extraño

Papel certificado por el Forest Stewardship Council®

Primera edición: octubre de 2024

© 2016, Cynthia Rimsky
© 2016, de la presente edición en castellano:
Penguin Random House Grupo Editorial, S.A., Santiago de Chile
© 2024, Penguin Random House Grupo Editorial, S. A. U.
Travessera de Gràcia, 47-49. 08021 Barcelona

Penguin Random House Grupo Editorial apoya la protección de la propiedad intelectual. La propiedad intelectual estimula la creatividad, defiende la diversidad en el ámbito de las ideas y el conocimiento, promueve la libre expresión y favorece una cultura viva. Gracias por comprar una edición autorizada de este libro y por respetar las leyes de propiedad intelectual al no reproducir ni distribuir ninguna parte de esta obra por ningún medio sin permiso. Al hacerlo está respaldando a los autores y permitiendo que PRHGE continúe publicando libros para todos los lectores. De conformidad con lo dispuesto en el artículo 67.3 del Real Decreto Ley 24/2021, de 2 de noviembre, PRHGE se reserva expresamente los derechos de reproducción y de uso de esta obra y de todos sus elementos mediante medios de lectura mecánica y otros medios adecuados a tal fin. Diríjase a CEDRO (Centro Español de Derechos Reprográficos, http://www.cedro.org) si necesita reproducir algún fragmento de esta obra.

Printed in Spain – Impreso en España

ISBN: 978-84-397-4522-8
Depósito legal: B-12.619-2024

Impreso en Liberdúplex
Sant Llorenç d'Hortons (Barcelona)

RH 45228

a María Aramburú

Te cuento de nosotros
para que cuando te mires
en el espejo
y nos veas atrás tuyo
cierres los ojos.

Laura Petrecca /
Christian Anwandter

En vez de marcarla con un hierro candente, incrustarla en un casillero o cartilla biográfica, llenar una ficha antropométrica o dibujar su retrato hablado para garantizar que ella es quien pretende ser y a quien la justicia presume reconocer, el funcionario llevó el pulgar de la Caldini a la almohadilla e imprimió su huella en la citación y luego le pasó un pañuelito desechable aunque el ácido acético no dejó mancha alguna en su piel.

Los sucesivos emplazamientos judiciales, con su nombre y el de Rocha encadenados por la acusación, quedaron entre las boletas de la luz, el agua y el teléfono. De haber permanecido una gota de tinta azul en su pulgar, no hubiese olvidado inmediatamente la obligación de presentarse al juzgado para dejar asentado que la de ellos era una ruptura como la de tantas parejas y que no correspondía un juicio, pero las citaciones fueron a dar al basurero entre las boletas de la luz, el agua y el teléfono, y cuando ingresó a la aduana para abordar el avión que la llevaría a Buenos Aires, le informaron que tenía una orden de arraigo por no presentarse al tribunal.

—Eso no se hace, por ningún motivo se recibe una citación judicial y menos se pone la huella digital, la cagaste, le dijo la abogada.

—Jamás se me pasó por la cabeza que un abogado iba a seguir la locura de Rocha, le replicó.

—¿Y de qué crees que vivimos?, se sonrió la abogada abriendo sus labios anaranjados para mostrar dos aguzados colmillos.

La Caldini había visto a la abogada por primera vez en los años 90, cada vez que bajaban con Rocha al restorán del italiano la encontraban con las ropas torcidas y el pelo en desorden, como si hubiese atravesado un huracán; mientras sus compañeros de mesa se iban desplomando sobre el whisky, ella pedía a gritos más. Intrigada por su figura, la Caldini averiguó que alguien importante la había traicionado y estaba sin trabajo ni dinero, aunque nadie supo describir el origen de aquella decepción. De ese trance le quedó el pelo ralo, las órbitas de los ojos hacia fuera y unos minúsculos puntos sanguinolentos, recuerdo de las venillas que explotaron en aquellas noches de exceso.

Su oficina en el paseo Bulnes tenía un recibidor con una mesa para una secretaria que no existía, una oficina con una ventana que miraba a un patio ciego por la que se empinaba a fumar, y un baño en el que de vez en cuando aparecían, en la tina, platos y una sartén.

—Cuando aceptas una notificación judicial, inmediatamente pasas a ser imputable. ¿Tienes idea de lo que es eso?, le preguntó en esa primera reunión.

Supuso que nada bueno.

—Significa que aceptas las consecuencias del fallo que emita el tribunal, cualquiera sea, subrayó con placer.

La noche anterior a la audiencia, la Caldini observa, desde la ventana de su departamento, a la madre soltera que se embarazó del dueño del pequeño almacén, que en breve morirá del corazón, dejar la bolsa con su basura a los pies de la falsa acacia bajo la cual, desde el terremoto del 27 de febrero, se escucha día y noche un extraño murmullo parecido al de las aguas subterráneas. El rumor que corre en el vecindario es que las napas, rellenadas hace doscientos años para quitarle espacio al río, han despertado para tomarse una tardía venganza. A Rocha y a ella les deleitaba escuchar estas y otras invenciones que se desfiguraban en su paso por las tres peluquerías, las tres marquerías, los tres almacenes, la fuente de soda y los tres restoranes. Luego se divertían comprobando en el buscador de la web su veracidad. Una noche aceptaron la invitación a participar en una de las frecuentes comilonas que los cerrajeros hacían en el quiosco; cuando estuvieron borrachos salieron al ruedo para confesar ante Rocha y ella sus historias más escabrosas. Despojados de la tristeza de la derrota en nombre de una supuesta superación, se burlaban quedos y con los ojos a medio cerrar de la ruina en la que estaban convertidos. También les contaron que hace doscientos años en esta cuadra recalaban las carretas que traían a La Vega Central las verduras, frutas, carnes, fiambres y quesos que consumía la ciudad; en esta cuadra esperaban los conductores y cargadores a que los comerciantes vendieran la mercadería para pagarles el flete; como el plantón se prolongaba, gastaban el dinero que aún no recibían en las cantinas que surgieron para profitar de la incertidumbre. Esa vez Rocha y ella indagaron en el buscador sobre ese supuesto origen del barrio y apareció otro más remoto: una grieta que escindió de la cordillera de los Andes una masa de tierra que un segundo movimiento separó en dos cerros que se ven desde su departamento, el de la Virgen y el Blanco. La quebrada se fue cubriendo con sedimentos hasta solaparse en un valle sobre el cual se asientan la madre soltera, los cerrajeros y sus amigos, la Caldini y, hasta hace unos meses, Rocha. Vuelve a asomarse a la ventana; la bolsa de la madre soltera está cercada por los restos de las verduras y frutas del quiosco, los cabellos cortados en las tres peluquerías, el aserrín de los fabricantes de marcos, las cajas vacías del almacén y dieciocho bolsas negras que contienen los restos que Rocha dejó en el departamento y que ella bajó por las escaleras en seis viajes de a tres bolsas cada uno desde el cuarto piso hasta los pies de la falsa acacia donde escuchó seis veces el rumor del agua subterránea.

Seis meses tuvo que esperar la Caldini a que Rocha se decidiera a abandonar su departamento para volver ella. Como no quiso presenciar el momento en el que se llevaría sus cosas y, al igual que el cerro Blanco y el de la Virgen, se escindieran para siempre, aceptó irse por unos días a la casa de un amigo. Los días se convirtieron en meses hasta que su vecina, la Yugoslava, le avisó por teléfono que Rocha se estaba mudando. Ya que no le devolvió las llaves, bajó a buscar a los cerrajeros del quiosco para pedirles que cambiaran la cerradura.

—¿Qué pasó aquí?, le preguntaron al entrar.

Rocha había ido cuarto por cuarto arrancando las cosas que deseaba y esparciendo lo indeseado; el frasco de vidrio azul, no los corchos que almacenaba; los archivadores, no los papeles; las sillas, no sus fundas; los maceteros, no la tierra; la ampolleta dorada, no la lámpara. Panes duros, latas de cerveza, pañuelos desechables usados, tiras vacías de antidepresivos... La Caldini convivió con los restos hasta que el funcionario del tribunal, que se presentó ante su puerta con la primera citación, le preguntó si era ella.

Acodada en la ventana presencia cómo las dieciocho bolsas negras se convierten en una figura amorfa mordisqueada por los perros, empapada con los líquidos percolados que resbalan por la pendiente de la vereda hacia el jardín que tanto cuidó el Perro antes de que le apareciera la mancha en el pulmón y el ex carabinero le comprara el almacén para poner una botillería en la que se emborrachan los dos inválidos que piden dinero en silla de ruedas; hay que verlos driblear entre los autos que toman velocidad por la Costanera, con las monedas cayendo de sus bolsillos y la cabeza colgando.

El teléfono suena. Rocha la hace escuchar día y noche su respiración, anhelante, llorosa, airada, para que ella sienta lástima y haga un gesto que restablezca la locura en común. Las últimas semanas telefonea para reclamar el televisor que no alcanzó a llevarse; como ella no le atiende, su hermana tomó la costumbre de ir hasta la puerta del edificio, tocar el timbre y gritar hacia arriba: ladronaaaah. Pero la que llama es su abogada. Mañana, en el juicio por abandono de hogar —el nombre que le puso Rocha a los meses en los que ella no pudo entrar a su departamento—, le tocará declarar a él. Todavía no debe haber asociado el nombre de su abogada con el de la mujer que gritaba por más whisky en el restorán del italiano; cuando esté en la sala del tribunal y mire de reojo los labios pintados de naranja, el pelo muerto y los globos oculares salidos... pensará que es una broma. Tal vez por eso la contrató, para mostrarle que no se toma en serio su venganza.

«Llámame urgente», lee en su celular. Al acordar sus honorarios, no se le ocurrió preguntar si estaban incluidas las fotocopias, la cuenta del teléfono, los moto boys. Al aproximarse el juicio, cada vez que la abogada necesita hablarle, le da un toque y, si no le responde de inmediato, envía un mensaje urgente, y es que tiene propensión a dramatizar lo que podría simplemente decir. Por ejemplo, a pesar de la gravedad de la noticia que, según ella, necesita contarle a las 10 de la noche, está viendo un programa de televisión. Si en la tina del baño esconde una sartén y platos, en el armario puede guardar un televisor y hasta un colchón. Le gustaría saber con qué programa acompaña el vaso de whisky —escucha chocar los hielos—. Va al cuarto que Rocha usaba como escritorio y enciende el televisor que se negó a devolverle. Las voces no corresponden al reality show del grupo abandonado en una isla para sobrevivir por sus medios...

—¿Me estás escuchando?, le pregunta la abogada.

... ni al reality de los inválidos ni al reportaje de los ladrones de billeteras del centro ni al documental sobre los últimos alacalufes ni a la médium que busca al joven desaparecido por una mafia nocturna.

—Tengo los resultados del sorteo, grita.

A la Caldini le es indiferente la jueza que le tocó en suerte; como dijo la abogada en la primera reunión, al poner su huella en la citación echó a andar un mecanismo que ya no es posible detener; tendrá que esperar el fallo para que Rocha acepte que, incluso judicialmente, ella tiene derecho a dejarlo.

—Nos tocó una jueza. Y la abogada agrega un nombre que no alcanza a retener.

—Qué bien, una mujer.

—Sí, una jueza ampliamente conocida por favorecer a los hombres. De hecho, en su sala nunca ganó otra mujer.

—Y si es «conocido» lo que hace, ¿por qué no la destituyen?

—¿De verdad quieres que te responda?

La abogada está viendo el programa del cirujano plástico que opera gratuitamente a personas que nacieron deformes a cambio de filmar sus vidas antes y después. En ese momento una madre corre por el pasillo de la clínica aferrada a la mano de una adolescente que los enfermeros transportan en una camilla. En la puerta las separan. La madre vuelve a la sala de espera con su marido mientras, en el pabellón, el cirujano traza con un marcador barato las líneas que seguirá el implante. Al margen de la pantalla el periodista recapitula, para los auditores que recién sintonizan, la historia de la joven que nació sin nariz; el cuarto empapelado con afiches de cantantes, calcomanías, peluches, libros, cuadernos y hasta un diario de vida. Sorprendida por la petición del programa, la joven lee a cámara sus pensamientos sobre el amor que nunca ha vivido, la amistad, la compasión, sus caminatas por la playa sola, la aparición de la luna llena, las lágrimas de su madre en el cuarto de al lado. El equipo la lleva a la casa de su mejor amiga, van a la escuela y filman los rostros de sus compañeros que por primera vez salen en televisión; sorprenden a la profesora calentando los porotos en un microondas y ella les habla de la pasión de la joven sin nariz por la lectura y, entre sus preferidos, *La casa de los espíritus*, mientras en el patio su mejor amiga confiesa muy cerca de la cámara para que nadie más la escuche que a su amiga le gustaría encontrar a alguien que la ame como es y se guarda de decirlo para no poner triste a sus padres.

—No es lo único que tengo para contarte, le dice la abogada al teléfono.

La Caldini tendría que aclararle que no le interesa saber más, pero el sonido de la sierra, del taladro, de la lima, de la engrampadora y del camión que tritura los desechos de los dieciséis años en común con Rocha acallan lo que tiene para decir.

—Un informante que conozco en el juzgado me pasó el dato de que la contraparte va a presentar pruebas.

—¿Qué pruebas?

—Dímelo tú, la acusada de abandonar el hogar eres tú.

Un cartel en la pantalla anuncia que transcurrieron dos meses desde la operación. El furgón del canal de televisión sube a trompicones un empinado cerro desde el cual no es visible el mar. La única diferencia entre las casas iguales está en las rejas o en los muros que cada uno levantó para protegerse del exterior. Los vecinos apostados desde temprano en la vereda del frente esperan a ver la nariz, pero los productores tapan la cabeza de la joven con una manta.

—Rocha no tiene ninguna prueba, solo quiere asustarme, le dice.

—No estoy tan segura, de todas formas preferiría ir con un as bajo la manga, ¿sabes el nombre del siquiatra que lo atiende?

En el consultorio del cirujano plástico la enfermera desenrolla la venda que cubre el rostro de la adolescente hasta el parche y cede su lugar al doctor. La cámara busca el espejo que espera boca arriba en el escritorio. La mano del doctor entra al plano y lo coge. La cámara se concentra en el estacionamiento de la clínica para dar tiempo a que la joven contemple a solas su nueva nariz. Por los micrófonos encendidos se escucha un inusual silencio. De los autos continúan bajando y subiendo enfermos. El silencio se extiende. La cámara duda si enfocar a la joven o continuar en el estacionamiento. Se escucha que la enfermera y el doctor intentan convencerla como a un niño que se niega a comer, van a buscar a la madre y al padre; la joven se mantiene terca. El espejo queda boca arriba reflejando las estrías del cielo.

—Si se ponen pesados, un informe de su siquiatra nos permitiría invalidar el juicio, sugiere la abogada.

—Esperemos a ver qué ocurre mañana cuando declare.

Entre su negativa a acusar a Rocha públicamente de locura y la negativa de la joven a mirar su nuevo rostro en el espejo, media una pausa publicitaria. Al regresar, la joven espera de pie, en una playa atestada con la basura del fin de semana, a que los espectadores sacien su curiosidad. Cuando el productor da la señal de que el tiempo se ha terminado, la joven principia a contar a cámara que desde que nació sus padres sufren por no tener dinero para darle una nariz. Devolver la alegría a sus padres fue el motivo que la llevó a aceptar la operación y está muy agradecida porque ahora sus padres vivirán sin culpa. Hace una pausa: «Antes de la operación yo me sentía una persona distinta al resto, alguien especial, ahora soy igual a todos».

—¿Estás escuchando?, le pregunta la Caldini.

—Ahora que termina nuestro horror, comienza el de ella, contesta la abogada.

Un hombre alto y delgado con una chomba blanca tejida a palillo y pantalones de cotelé con parches de cuero en las rodillas estira el cogote por sobre las cabezas de los transeúntes, como si tuviese la necesidad de avistar otros pájaros de su especie. En la hora que la Caldini lleva sentada en el café Roma no ve que nadie se acerque a comprarle los mapas que desplegó sobre la tela negra en el pavimento, pero si persiste es porque vende, se dice, y a continuación se dice que mejor hará concentrándose en lo que está por suceder en el tribunal, pero no puede despegar la vista del pájaro. La devoción con la que acaricia el pedazo de piel otrora cubierto por un bigote la hace pensar que no se acostumbra a habérselo afeitado e intenta proteger con sus dedos la tez que asoma al mundo por primera vez. No la atrae de él la chomba tejida a palillo —aunque le recuerda la roja ancha de lana que usaba en la universidad— ni las entradas de su frente o su nariz griega —aunque le recuerdan a un bello dirigente estudiantil al que perseguían por los patios del Pedagógico—. Le atrae el contraste que hay entre la voluntad del vendedor de afincarse en ese lugar de paso y el apresuramiento con el que los peatones evaden el mundo que pone a sus pies. Y es que a pesar de que tiene un paño negro con mapas sobre el pavimento, a nadie le parece que sea un vendedor ambulante. Tal vez a ella tampoco la tomarían por alguien que abandonó el hogar, y eso es, al menos en este momento en que le llega un mensaje de texto de la abogada anunciando que está por comenzar la audiencia y en la calle una mujer pregunta al vendedor si tiene un mapa mundi para su hijo menor. Él lamenta no tener uno tan general y le propone que vuelva otro día, pero el plazo otorgado por la escuela para que el hijo conozca el mundo vence a la mañana siguiente.

En su primera reunión con la abogada, la Caldini dejó en claro que no iba a presentarse a las audiencias o a las reuniones con Rocha y su abogado. Anoche, mientras en la calle el camión trituraba los desechos de su vida en común, la abogada la convenció de que debía al menos escuchar la declaración de Rocha a través del teléfono móvil que dejará encendido para ella en la sala. Por la mañana se sintió demasiado inquieta para esperar la hora de la citación en el departamento; salió a caminar y sus pasos la condujeron cerca de los tribunales, a un deshabitado café llamado Roma. A un lado de la puerta se sienta la propietaria de delantal azul. Del lado de la calle, su marido, un viejo calvo con el mismo delantal hasta la cadera. Ninguno de los dos se levanta. Es tan poco lo que ganan que les es indiferente estar aquí o en el living de su casa. El viejo calvo no aleja su mirada de la calle; parece llevar años resolviendo el misterio que lo mantiene atado a esa ventana por la que observa el movimiento de los tribunales. La vieja no lo mira a él, a la ventana ni a los tribunales; descree de los misterios.

Por el ruido que hace Rocha al ordenar los papeles, la Caldini supone que escribió varias páginas y luego ensayó el tono frente a un espejo tal como hacía con ella; cada texto que escribía se lo leía en voz alta y, si continuaba inseguro, lo mandaba desde su computador al de ella y, si no le respondía en un tiempo prudente, entraba al escritorio de la Caldini, que no tenía puerta, o sacaba el tema en la cena.

Con Rocha se conocieron en un coloquio sobre los márgenes, al principio de los años 90, en un emblemático edificio construido durante la Unidad Popular donde posteriormente funcionó el Ministerio de Defensa. Los intelectuales que hablaron de los márgenes antes y después que Rocha usaron micrófono. Cuando le tocó a él, los asistentes vieron las palabras asomarse a sus labios y no las escucharon. El encargado del sonido levantó los hombros para indicar que no era su culpa; como Rocha sí se oía, continuó leyendo y los asistentes simularon que atendían; únicamente ella le dijo más tarde que su voz no había sonado; él se rio y la llamó por su apellido.

Rocha le aclara a la-jueza-que-favorece-a-los-hombres que es imposible contar la vida de dos personas que estuvieron dieciséis años juntas sin caer en la ficción. Es admirable la habilidad que tiene para disfrazar las dificultades que comenzó a tener con la escritura bajo el fracaso del ser en su intento por dar cuenta de lo real. La Caldini tampoco ha logrado llevar adelante su declaración; las situaciones que podrían respaldar su decisión de separarse no la vuelven inocente o culpable; por si acaso, en vez de trasladar sus intentos a la papelera, los guarda como Rocha.1, Rocha.2, Rocha.3, con la esperanza de que milagrosamente se amalgamen.

La madre que hace unos momentos buscaba un mundo para su hijo desliza las bolsas de compras por su antebrazo y con la mano libre marca un número en el celular.

Son nueve bolsas, cuatro en un brazo y cinco en el otro, y las arrugas en el plástico delatan que las marcas no necesariamente corresponden al contenido. La vieja propietaria del café Roma se levanta y de un envión desliza la taza hasta el extremo opuesto de la mesa; apoyándose en el respaldo de las sillas, consigue penosamente llegar a ella y se queda mirando la distancia que le falta para llevarla al mostrador. Cuando se le acaban las sillas en las que apoyarse, camina a tientas por el vacío hasta que sus dedos alcanzan la primera silla de la siguiente mesa. De silla en silla, de mesa en mesa, llega a la barra y por la barra se desliza hasta la máquina del café.

De cifra en cifra, de factura en factura, de informe bancario en informe bancario, Rocha construye para la jueza la cuenta de los dieciséis años que estuvieron juntos. La Caldini agarra el celular para gritar que está inventando, pero la abogada dejó el teléfono sobre una silla de la primera fila y la mujer que está sentada a su lado se limita a suspirar. En el café Roma, la mujer de las bolsas ha conseguido comunicarse con la persona a la que llamaba: «No te imaginas por lo que estoy pasando, es terrible, no sé dónde estoy parada». En la mesa junto a la ventana, el viejo propietario le comenta a la vieja: «Afuera sí que está muerto».

Los mapas que el vendedor ofrece a los peatones representan un muestrario de los errores más comunes de las imprentas; repintes, descalces, imágenes pixeladas... Solo la forma larga y flaca, como la del vendedor, permite reconocer de qué país se trata. Aun así la confunde que esté dividido en provincias y no en regiones, que en el norte bajen ríos caudalosos, que el borde costero sea una franja desierta y el camino que une al continente con el extremo sur todavía pase a través del océano. No es posible que el vendedor ignore los cambios de la geografía en los últimos treinta años. Algún peatón debió hacérselo notar o él mismo se enteró de que los mapas con los que estudió en la escuela ya no tienen validez.

—Si no te gustan estos, tengo otros, la tutea.

—Gracias, no ando buscando mapas.

—No te vas a arrepentir, es solo un minuto, le pide.

Del carro de compras con rueditas que se usa para ir a la feria saca un rollo de viejos papeles unidos por una cinta de género. Las láminas crujen al quedar libres de sus amarras. Ante ella aparece el mundo anterior al 9 de noviembre de 1989. Cuántas personas como el vendedor conservarán en Rusia, Alemania, la República Checa, Eslovaquia, Croacia o Eslovenia el ideal palpitando dentro de una amarra.

—Los encontré en el mercado persa de Franklin. El hombre que los vendía estaba desde las nueve de la mañana, eran las tres de la tarde y fui la primera persona que se le acercó a preguntar por los mapas. Me contó que al caer Pinochet, la Cancillería ofreció a los exiliados pagarles el flete en barco de sus pertenencias. Ahí estaba, en el mercado persa, vendiendo todo lo que llegó a tener en la URSS para comer en su país.

La Caldini recorre Centro América. En color rojo están Cuba, Granada, Panamá, Nicaragua.

—Acércate, la estimula.

Coloca el pulgar en Nicaragua y estira el índice hacia Chile. No le alcanza. Dónde estarán las cosas que trajo del viaje a dedo que hizo a la revolución sandinista al egresar de la escuela de periodismo. ¡El baúl! No recuerda haberlo visto en el cuarto de Rocha, le baja angustia de que haya cargado su pasado entre sus cosas sin que ella lo notara. El vendedor enrolla el mapa y con una destreza maravillosa arma, a partir de un cordel usado, dos tirantes y una correa.

—Toma, es para ti.

El olor a leña húmeda de la chomba de lana parece haber tejido entre ellos y el pasado una desconocida intimidad que la desconcierta.

—No ando con dinero, miente.

Pero el vendedor, que no es vendedor ni profesor de geografía, ajusta la correa con el mapa sobre su hombro.

—Me lo pagas otro día.

En el cuarto en el que Rocha escribió sus ensayos sobre las grietas de la Transición quedan las marcas de los libros que consultó, los bordes de las reproducciones en las que se inspiró, y el baúl. Después de almuerzo, el sol que aparece detrás de la cordillera se desplaza hacia el poniente quedando a la altura de la ventana. A las tres de la tarde hay que bajar las persianas hasta que llega la noche y se hace necesario invitar al aire a refrescar el cuarto. Siguiendo la costumbre, la Caldini tira del cordel y la persiana cae al piso. Acerca la mesita y, como no le alcanza, pone encima una silla. Engancha las fijaciones y tira de nuevo del cordel. La persiana vuelve a desplomarse. Se encarama otra vez a la mesa y a la silla, ajusta los soportes, pero no se atreve a jalar del cordel y la persiana queda colgando. Por el espacio despejado contempla el boquete que el terremoto del 27 de febrero abrió en el techo de la casa de dos pisos en la que alquilan cuartos a peruanos, al otro lado de la calle del puente, detrás de la fuente de soda de la Yugoslava. El hueco estuvo todo el verano al descubierto. Rocha llevaba meses sin escribir y pasaba las horas mirando el interior del cuarto: el brazo articulado que debió sostener un televisor, la tapa de un armario barato, un par de clavos gruesos de los que el inquilino colgaba sus abrigos. La Caldini imagina que en el piso sigue habiendo una cama, un velador y hasta un baúl.

El baúl en el que guardó su viaje a Nicaragua se encuentra cerrado y no se le ocurre dónde podrá estar la llave; ni siquiera recuerda la última vez que lo abrió y no quiere pensar que Rocha la robó con la intención de que lo llame por teléfono y vuelvan a comenzar la pesadilla. Intenta levantarlo por la manija, pero su vida anterior pesa, y mucho. Al otro lado de la calle del puente aparece una pareja de albañiles, padre e hijo o aprendiz, que apoyan una escalera, en realidad dos atadas por una cuerda, contra la fachada de la casa sin techo. Los vecinos se congregan a mirarlos cruzar la frágil unión. La Yugoslava, su vecina de piso y dueña de la fuente de soda, limpia las mesas de la terraza con un pañito amarillo.

—La Virgi me tiene loca, le reclama cuando llega abajo. Llama todos los días para que le crucen el almuerzo y después alega que la comida está mala. ¿Y qué quiere por 1.200 pesos?, ¿un milagro? Si no fuera porque tengo buen corazón…

La señora Virginia es la habitante más antigua del edificio; jubilada como profesora primaria, le confió a la Yugoslava que es virgen y desde entonces la llaman Virgi. Las ventanas de su departamento en el segundo piso tienen la misma orientación que las de la Caldini en el cuarto piso, pero por estar casi a ras de suelo la señora Virgi no solo ve, sino también escucha las horas muertas de la peluquería, las comilonas de los cerrajeros del quiosco, las borracheras de los inválidos, la destrucción del ex hogar de menores y la construcción del karaoke, la hora feliz de la fuente de soda, a la garzona que cruza la calle con la colación de 1.200 pesos y entra apurada al edificio para volver corriendo mientras a la señora Virgi el guiso se le atraganta y la Yugoslava al teléfono le dice que no tiene tiempo para su queja.

—¿Y la empleada que venía a ayudarla?, le pregunta la Caldini.

—Tú vivís en otro mundo parece, un día de estos me va a pillar atravesada y le voy a decir que si no le gusta mi comida, que pida en otro lado, fantasea.

Habiendo alcanzado el techo, los albañiles, padre e hijo o aprendiz, se quedan mirando los cerros Blanco y de la Virgen.

—¿Tú has sentido olor a pis cuando entras al edificio?

—¿No te diste cuenta de que el verdulero del quiosco mea en el cuartito?

—¿Mea en el cuartito?, le pregunta asombrada la Caldini.

—Claro, si se huele apenas entras.

Ella también reconoció el olor pero no pudo creer que fuese orín.

—Antes usaba el baño de la fuente de soda, pero las piernas ya no le dan para cruzar la calle.

—¿Y cómo hace?

—Si esos vagos que pasan todo el día en el quiosco movieran las piernas, podrían vaciar el balde y no tendría olor, pero lo dejan ahí hasta que se rebalsa.

—No puede pasar algo así, contesta admirada.

—¿Y cuál es tu idea?

En algún momento la señora Virgi le cedió gratis al verdulero, que tiene su quiosco frentre a la puerta del edificio, el cuartito bajo la escalera para que guarde las verduras y frutas por la noche.

—No puede orinar ahí, además deja lleno de hojas podridas cada vez que saca y guarda la mercadería y se llena de moscas.

—No se te ocurra mandarme a mí a hablar con él porque sin baño no va a poder trabajar y no me voy a echar ese muerto al hombro.

—Si deja de orinar en el cuartito y paga una cuota de aseo como todos nosotros, podría quedarse.

La Yugoslava se muestra escéptica, conoce al verdulero desde que llegó al edificio hace casi treinta años, recién casada. En el techo, los albañiles, padre e hijo o aprendiz, deliberan acerca del camino que tomarán para aproximarse al boquete. Deciden avanzar juntos por el centro, tanteando las tejas en caso de que el terremoto haya aflojado el maderamen. Con el cuerpo hacia atrás, como si tuviesen que oponer resistencia, rozan el borde del agujero con la punta de los zapatos, miran hacia abajo, y guardan silencio.

No vuelven a aparecer.

La Caldini despierta con la sensación de que está flotando, mira la lámpara en el techo, no se mueve; abre la puerta, ningún vecino en la escalera. En el cuarto que perdió parte del techo, al otro lado de la calle del puente, encendieron una lámpara de velador; supone que el inquilino que vivió ahí hasta el terremoto entró a buscar algo o, ante la imposibilidad de conciliar el sueño, regresó a su antiguo cuarto y, al ver la cama, prefirió dormir a la intemperie.

Esta mañana buscó por todo el departamento la llave del baúl. En el mapa que le regaló el vendedor figuran los dos pasos fronterizos que cruzan desde Honduras a Nicaragua. Se propuso colgarlo para analizar qué camino pudo haber seguido en 1987 a los 21 años, pero Rocha debió llevarse el martillo. Tomó una piedra que trajeron de un Congreso en Marruecos y la descargó contra el clavo. Un crujido se propagó por el muro, chocó contra el marco de la ventana y se detuvo.

Ahora que está desvelada se le ocurre mirar el muro, no presenta ninguna grieta, lo golpea, suena hueco. Cuando botaron la medianera entre el comedor y la sala, el albañil les mostró que la pared estaba rellena con piedras, y las piedras no suenan huecas. Se pregunta si se escuchaba así antes del terremoto o solo después. Reemplaza la pregunta acerca del camino entre Honduras y Nicaragua, que antes de ir a dormir dejó puesta en el buscador, por «rajaduras en los muros». Aparece un manual para aprender a leer grietas y una página de poesía. Desde Alzira, Arturo Borra y Laura Giordani citan al también poeta Roberto Juarroz a propósito de una reseña que escribió de *Los barrios invisibles* de Viktor Gómez: «El poeta es un cultivador de grietas: fractura la realidad aparente o espera que se agriete para captar lo que está más allá del simulacro». Siguiendo con la lista que el buscador le propone para comprender las «rajaduras en los muros», aparece la imagen de una casa que flota como un volantín sujeta a un cordel y un Diccionario de Ciencias Médicas que separa los sonidos huecos del exterior y los que se escuchan en la cabeza y no son localizables afuera.

Fue en el viaje a Bariloche cuando notó por primera vez que Rocha había dejado de escuchar los sonidos que venían del exterior. Hacía dos años que no lo invitaban a seminarios, le habían quitado los cursos, las publicaciones, las becas. Cuando llegó la invitación para abrir el congreso de estudiantes de ciencias sociales en Bariloche, pensó que podía ser el impulso que necesitaba para acabar con su sequía creativa. Como pasaban los días juntos, a Rocha se le hizo difícil esconder que tomaba medicamentos. Ante su insistencia, le contó que estaba viendo a un siquiatra pero se negó a decir su nombre o el diagnóstico. A ella le pasó por la mente que no existía un siquiatra. Hacía menos de un año, mientras desarmaban la habitación en la que murió su suegro, encontraron medicamentos para el ánimo, la angustia, el pánico, el insomnio, la depresión, la euforia. Rocha se encargó de botarlos. La Caldini no tuvo motivos para sospechar que los iba a conservar.

Regresaron a Chile por el paso Puyehue. Estaban a fines de febrero, había sido un invierno seco y un verano caluroso, incluso en el sur, pero los manchones de bosque nativo que subsistían en las zonas inaccesibles continuaban verdes. Durante horas no hicieron más que subir y vadear curvas hasta que alcanzaron una meseta bordeada de pinos. Pensaron que había ocurrido un incendio o una plaga… los árboles estaban de pie, se mecían, crujían, pero no tenían color. Cubría la tierra una costra de nieve gris que extrañamente había sorteado el verano. La Caldini estacionó el auto en la banquina y le propuso que buscaran juntos un buen siquiatra. Rocha negó tres veces su ayuda. Ella retiró la llave del contacto —¿pensó que podía irse?— y abrió la puerta. Al poner los pies sobre la costra gris, sintió que se hundía.

Al departamento llegaron a las ocho de la noche del 26 de febrero, corría viento y las nubes rayaban el cielo. Se despertó de madrugada. Rocha no estaba, los vidrios de la ventana vibraban, la cama se sacudió. Un rugido atravesó las paredes, quiso sujetarse pero la estructura de nogal de la cama la arrastró. Se levantó con la intención de ir a la puerta. Los golpes contra las paredes se hicieron más fuertes. La lámpara del velador estalló. Los movimientos mecían el edificio, sonaban las alarmas, una fuerza siniestra la atrajo hacia abajo, pensó que se iba a desmoronar junto con el edificio. Vino un silencio espeluznante.

Encontró a Rocha en la escalera con la Yugoslava, su esposo, su hija y su nieta. Por una radio a pilas se enteraron de que habían colapsado edificios, puentes, el aeropuerto… derrumbes, cimientos desplazados, grietas, caminos cortados, postes y árboles caídos… Una persona llamó a la radio para contar que las paredes de su departamento disparaban pedazos de yeso. Como el edificio no presentaba daños, se fueron a dormir. Pasado el mediodía abrió los ojos y no reconoció el capitoné azul del respaldo de la cama, las sábanas grises, la forma del cuerpo que durmió a su lado, el olor a crema de afeitar que salía del baño, los títulos de las novelas sobre el velador, la ropa tirada en la silla, el cerro Blanco... No supo si era el cuarto o ella la equivocada. No lo supo hasta que empujó la puerta vaivén de la cocina y se encontró con un hombre de pelo crespo, barba y anteojos que desayunaba café con leche y leía a Deleuze. Al verla en camiseta y hawaianas, despeinada, ojerosa, el desconocido enloqueció. ¿Qué hacía desvestida a esa hora? No iban a llegar a tiempo al aniversario de la universidad y, si no lo veían en el aniversario, continuarían postergando su curso, ¿el departamento había resistido el terremoto y ella quería derrumbar su vida? La Caldini presionó con su espalda la puerta y el vaivén la dejó del otro lado. El desconocido intentó reunirse con ella pero la puerta no se movió. Le pareció que le caían lágrimas, se llevó la mano a los ojos, estaban secos. Cuando logró conseguir un albañil para reparar el vaivén, se enteró de que el material se había agotado.

Vuelve a escribir en el buscador la pregunta que puso antes de ir a dormir: «¿Cómo es el camino entre Honduras y Nicaragua?». De los dos pasos señalados en el mapa, le parece más familiar el que va por San Marcos. Desde allí todavía faltan varios kilómetros para llegar a la frontera y, según el buscador, por ahí no corren buses. A los campesinos en 1987 debió sorprenderles ver a una joven de 21 años que con un retraso de ocho años caminaba sola hacia la revolución sandinista. Le parece sentir que el aire se pone fresco, las curvas del camino que recorre en la parte de atrás de la camioneta a la que pidió un aventón le producen un ligero mareo y sobre su cabeza crujen las cortezas de los pinos. El buscador le proporciona una descripción del camino en 1987: «Un poco sinuoso del lado hondureño, entre bosques de pinos y curvas, las vistas al Golfo de Fonseca son impresionantes». Increíble, los pinos, las curvas del camino, el bamboleo... existen. Busca una imagen de un bosque de pinos para traer de vuelta la expectación de la joven de 21 ante la última barrera que la separa de la revolución, y se encuentra con que las mafias del tráfico de madera acabaron con el bosque del Paraíso en la frontera con Nicaragua. Más abajo en el buscador aparecen los pinos que la erupción del volcán Puyehue dejó sin color y la costra volcánica que cubrió la tierra. Del bosque verdadero solo quedan cenizas.

Durante la dictadura, para ir al paseo Bulnes era necesario rodear el altar de la patria, donde ardía la llama eterna de la libertad. En el 2005 quitaron el altar, la llama y los asientos en los que la gente tomaba un descanso; continúan abiertas las armerías, la cooperativa de consumo de Carabineros y una boîte que frecuentaban los empleados fiscales hasta que la dictadura achicó el Estado y los profesionales, obligados a ejercer en forma privada como la abogada, comenzaron a bajar los escalones de terciopelo rojo de la boîte para comer las colaciones baratas que reemplazaron a las vedetes. Entre los que se dirigen como la Caldini a consultar a un abogado, un médico, un contador, se mezclan oficiales que van a reponer las municiones o afilar sus corvos.

Las dos plantas de interior que la abogada puso como decoración están mustias. Las dos carpetas color vino con los documentos de su caso no lucen mejor, como si las hubiese usado antes, muestran arrugas y hasta una rotura. En el interior están las fotocopias de las facturas, los estados de cuenta de las tres tarjetas de crédito y de la cuenta corriente conjunta que Rocha presentó a la jueza como prueba del dinero que ella supuestamente le adeuda.

—¿Me puedes explicar por qué tenías una cuenta mancomunada con él y además le delegaste un poder total para administrarla?

—El contador lo recomendó para pagar menos impuestos.

—No te voy a preguntar cuál de ustedes consiguió a ese contador. Lo único que Rocha no podía hacer con ese poder era casarse en tu nombre.

—Ya estábamos casados.

La abogada le hace un mohín con sus labios naranjos.

—Rocha pidió tres créditos con los que pagó tus gastos como acompañante en los numerosos viajes que hicieron, y los suyos cuando no obtenía financiamiento.

—A mí me dijo que todos nuestros viajes eran financiados por los gobiernos o instituciones que lo invitaban. De otra forma no lo hubiese acompañado.

—París, Londres, Nueva York, Berlín, se dieron la gran vida. Dime, ¿no te pareció demasiado generoso que te invitaran a ti también?

—Rocha le tiene miedo a los aviones, es fóbico, y, de no haber salido, aquí jamás hubiesen tenido en cuenta sus críticas.

—¿Nunca sospechaste que actuaba por su conveniencia?

Aparece tan claro ahora. Durante el congreso en Bariloche visitaron una antigua estación de trenes en la que funcionaba un almacén de ramos generales donde preparaban el mejor matambre tiernizado a la leche de la región. Desde que escucharon el nombre quisieron probarlo. Al almacén llegaron tarde y quedaba una sola porción. El garzón dijo que alcanzaba para dos. Rocha insistió en pedir otro plato para compartir por si acaso. El garzón puso el asado en el puesto de ella y el matambre delante de él. En los primeros años de noviazgo no tenían dinero y cuando iban a un restorán acostumbraban a pedir un plato para los dos; aunque él comía rápido y en mayor cantidad, se enamoró de la delicadeza con la que armaba los mejores bocados para ella. Esa noche en el almacén, Rocha engulló el matambre sin levantar la cabeza. Pensó que estaba bromeando hasta que él, al notar que ella lo observaba, colocó el brazo alrededor del plato para que no pudiese acercarse.

—¿No te diste cuenta de que guardaba las facturas y boletas o creíste que juntaba recuerdos?

—Yo misma lo ayudé a juntarlas.

—Por supuesto.

El financiamiento que recibía era generalmente contra la presentación de facturas. Como muchas veces se les olvidaba solicitarlas o las perdían, andaban pendientes de pedir a personas de confianza que les dieran las suyas. Cuántas veces volvieron al restorán para tomar la factura de otra mesa. Rocha llegó a escribir un ensayo buslesco respecto al intelectual y las facturas.

—¿Y sacar fotocopias también fue idea tuya?

—Como había que entregar los originales, pensé que convenía tener un respaldo, por si se extraviaban. No creo que en ese momento…

—Quién sabe, ya te decía que tus gastos estaban pagos y no era así. Pero bueno, lo comido y lo vivido no te lo quita nadie. ¡Cómo te tiene que haber abierto el mundo!

La abogada se pasa la lengua por los dientes para limpiar la pátina naranja que su burla corrió. El labial debe estar en un cajón del escritorio, junto a los vales que compra en la librería de abajo y que luego le enviará escaneados para justificar sus gastos, entre ellos las fotocopias de las pruebas presentadas por Rocha.

—Lo concreto es que vivieron durante años del Estado.

—Yo vivía del curso de Redacción II que doy en el instituto.

—Según Rocha y su hermana, y te aprovecho de informar que ella figura entre sus testigos, tu salario no alcanzaba.

—No es verdad.

—¿No es verdad que él pagaba las cuentas?

—Como el departamento es mío, él se encargaba de las cuentas.

—Dice que también financió las obras, los muebles, la calefacción, las instalaciones eléctricas…

—Hay algo que no entiendo, la interrumpe cansada de la enumeración. ¿Por qué me está pidiendo esa suma y no otra?

—¿De verdad quieres saber?

Cómo disfruta con la maldad, es lo único que le saca chispas.

—¿Alguna vez tasaste tu departamento?, le hace un mohín.

Qué sagacidad. ¡Un lujo de abogada!, como le gusta decir. Así que esta es la venganza que Rocha prometió tomarse cuando ella le dijo que lo dejaba y él contestó que iba a pagar por ello.

—¿Y ahora qué hacemos?, le pregunta.

La abogada se asombra:

—Frente a una demanda económica como esta, tienes pruebas o te sientas a negociar.

La Caldini le advirtió en la primera reunión que no iba a negociar.

—Intentemos con su siquiatra, sugiere la abogada por segunda vez.

Aunque Rocha intentó asociar su declive como intelectual al estreñimiento de las mentes que produjo la Transición, después de la entrevista en la televisión japonesa, que reprodujo el suplemento «Artes y Letras» en Chile, en la que llegó a decir que la grieta era él, sus colegas, las revistas, la editorial, los directivos de las universidades en las que se peleaban porque diera clases, publicara sus libros e inaugurara seminarios, no volvieron a llamarlo y su nombre se hizo humo.

—Podemos acusarlo de una locura tranquila o delirante, sugiere la abogada. O pedir una junta médica que lo evalúe.

—Prefiero esperar.

—Como quieras.

Conteniendo su enojo, se acerca al computador.

—Dime tu rut.

La abogada tiene la carpeta con los datos de la Caldini al alcance de la mano, pero su rechazo a la estrategia que le propuso la ha ofendido. Escucha sus dedos aporrear las teclas, se nota que aprendió con la máquina de escribir.

—Aquí está.

Le pasa un papel con cinco líneas.

—Tu firma. Indica el espacio en blanco bajo su nombre.

La Caldini lee que, habiendo rechazado seguir su consejo legal, la exime de cualquier responsabilidad en el resultado del juicio. Siendo sus palabras, parecen las de otra. Firma como si fueran suyas.

Sobre el piso del vestíbulo de la oficina de la abogada hay dos paños de lana iguales a los patines que tiene su madre a la entrada de su casa.

—Eres bien curiosa, escucha decir por encima de su hombro.

No tuvo que haberlos mirado. Ya es tarde. La abogada espera burlona a que voltee y, cuando se asegura de que la está mirando, pone un pie sobre cada paño y comienza a patinar hacia la puerta. Cada vez que va a buscar o a dejar un caso, añade una capa de brillo al piso.

—Bueno, a mí me parece que tuvimos una reunión brillante.

La Caldini confía en que esta vez también la acompañará hasta el ascensor y en el camino hablarán de lo que viene. Efectivamente:

—Te acompaño al ascensor. No olvides que en quince días te toca presentar tu declaración ante la jueza.

Siente un vacío en el estómago.

—Te la mando antes.

—No es necesario.

Un temblor le toma el pecho. Intenta respirar acompasadamente. Aunque la haya ofendido, es su abogada.

—Preferiría mandártela para que la conversemos, sugiere.

—En ese caso tiene que ser con una semana de anticipación, como mínimo.

El ascensor llega al piso.

—¿No prefieres que te la traiga impresa?

—No te preocupes, si hay algo que necesite aclarar, te lo consulto por correo.

Desde un piso inferior llaman. El ascensor baja. No desea que la abogada confunda su desconcierto ante la situación delirante en la que se encuentra con desidia, pero aclarárselo le parece peor.

—Yo creo que alguna prueba puedo encontrar de aquí a dos semanas, insiste.

La abogada pulsa el botón blanco.

—Tal vez a ti también se te ocurra algo, agrega.

El ascensor se detiene nuevamente en el piso. La abogada abre la puerta.

—No has apretado el botón, le dice a través de la mirilla.

No recuerda cómo llegó desde el paseo Bulnes al sector de los tribunales, tal vez el pensamiento de la deuda que Rocha le atribuye la llevó a esa otra que involuntariamente contrajo el mismo día y decidió pagarla. El dueño del café Roma continuaba mirando la muerte del afuera por la ventana mientras su mujer por detrás cruzaba el vacío. El vendedor de mapas no estaba.

Entre los tribunales y su departamento hay unas veinticinco cuadras, veinticinco cuadras se cubren en treinta y cinco o cuarenta minutos, pero han pasado casi dos horas y todavía no cruza el río. Escucha un gemido. Supone que viene de un peatón que ya pasó, pero el eco del lamento continúa zumbando en la calle vacía. Busca por todas partes hasta que se le ocurre mirar hacia abajo. Pegado al muro de un edificio hay un gato recién nacido con los ojos cerrados, quizás cuántas horas y cuántas personas pasaron sin verlo. Al sentir su presencia intentó maullar y barbotó un gemido. No se decide a seguir o a tocarlo. Al otro lado de la calle el vendedor de mapas con su carrito de compras espera a que cambie la luz del semáforo. Hace varios días que tiene su nombre en la punta de la lengua. Durante la dictadura los rostros de los compañeros se volvían familiares a pesar de que no hubieran hablado, tal vez porque encarnaban un ideal común. El portero del edificio, al verla, se acerca a contarle que el gatito pasó toda la noche llorando y que él intentó darle leche pero la rechazó.

—Me lo hubiese llevado, pero la administración del edificio nos prohíbe tener animales.

—¿Sabe de quién es?

—Se tiene que haber caído del segundo piso, dice y señala una ventana.

El vendedor se detiene ante la única casa antigua de la cuadra que no han transformado en un local comercial; pensó que estaba desocupada, en trámite de demolición.

—¿Quiere que le traiga leche tibia por si con usted se anima a tomar?, le pregunta el portero.

El vendedor la ve y se acerca.

—Si logra comer, se salva, insiste el portero.

Loayza, con ese nombre se presenta, se acuclilla y palpa al gatito:

—No parece que tenga daño físico.

El portero vuelve con la leche que entibió en el microondas. El gatito abre los ojos. Loayza palmotea sus patas traseras para ayudarlo a caminar hasta la leche. Acerca el contenedor a su nariz pero el animal no puede verlo o le faltan fuerzas para aproximarse y tomar; Loayza embebe un dedo en la leche y lo lleva a su boca... El gatito no separa los labios.

—Lástima, si no come se va a morir, augura el portero regresando al edificio.

Loayza aprieta al animal contra la lana blanca de su chomba tejida a palillo. Le soba los costados, las patas, el corazón, la columna vertebral, el gatito se refugia en la lana y no vuelve a aparecer. Intenta despegarlo pero se hace un ovillo. La muerte puede tardar días o semanas. No es posible esperar hasta entonces, piensa la Caldini.

—¿Lo tienes un momento?, le pregunta él.

Tras pasárselo, Loayza flexiona las rodillas para quedar a la altura del gato que ella afirma contra su blusa; en voz baja le pregunta cómo cayó de la ventana, qué parte se lastimó, si fue mucho el susto, cuántos son en la camada, si ya tomó leche de su madre… Le cuenta en qué barrio están, le habla del parque y del río. El gatito recibe en su rostro el consuelo de la voz y en su cuerpo la tibieza del pecho de ella. Con las rodillas acalambradas por el esfuerzo, Loayza estira las piernas y, cuando se compromete a encontrarle un hogar, sus palabras quedan frente a la boca de ella. La distraen unos tenues latidos. El gato intenta moverse. La Caldini se asusta. Loayza lo devuelve al suelo y con la punta del pie lo impulsa a ir hacia la leche. Prueba a levantarle las patas traseras, el gato cae al suelo y cierra los ojos. La Caldini se dispone a marcharse cuando ve que el gato está lamiendo el dedo de Loayza.

—Va a vivir, se emociona.

La Yugoslava, el vendedor de diarios y la peluquera agitan sus brazos sorprendidos al verla pasar en una Honda 125 cc azul titanio con un gatito respirando en una mochila y un desconocido al volante. En el barrio de Patronato se topan con los retazos que evacúan los talleres de los inmigrantes coreanos que vinieron a ocupar el lugar de los primeros árabes que, alentados por el proceso industrializador, constituyeron un sólido conglomerado textil que los nietos, desprovistos de los nervios de sus abuelos y educados en la opulencia de la libre importación, dejaron en manos de los coreanos. A lo largo de la avenida quedan algunas casas de esos árabes que escogieron afincarse en el barrio por las palmeras o que sintieron nostalgia y las plantaron. Las mansiones con piso de mármol, frescas por dentro y discretas por fuera, con terraza o balcón, como en algunos barrios tradicionales de Marruecos o Túnez, fueron transformadas en restoranes donde los nietos compran la tradición que sus abuelas les ofrendaban en la infancia.

Al emerger del paso bajo nivel, los comerciantes que antes exhibían mercadería nueva, importada desde Corea, se ofrecen a reparar lo que todavía puede servir. Los escombros en las veredas retratan la indolencia de las municipalidades que comprometieron su ayuda delante de las cámaras. Los días que siguieron al terremoto del 27 de febrero, los vecinos se cansaron de ver en la televisión los edificios, los puentes, los caminos, los hospitales y escuelas colapsados... Con el correr de las semanas se dieron cuenta de que los canales repetían las imágenes. Una familia que rechazó la miserable ayuda del alcalde decidió acampar en el jardín del edificio que ya no podían habitar: un periodista pasaba todos los días a preguntarles qué habían cocinado para el almuerzo, cómo le iba al hijo que hacía las tareas en la mesa en el jardín y a la abuela que miraba las telenovelas. Un día las grietas, el edificio vacío y la familia en el jardín desaparecieron. Únicamente un geólogo se atrevió a decir que el sismo del 27 de febrero era mentiroso porque había dejado intactas las fachadas y destruido los interiores.

Siguen cuadras y cuadras de edificios levantados con el mismo principio de la ortodoncia, que se vale de una jaula de alambre para comprimir paulatinamente los dientes hasta dejarlos parejos. Loayza detiene la Honda 125 cc en una ancha avenida de cemento con torres de alta tensión de cincuenta metros o más de altura que emiten el zumbido penetrante de una colmena. Hay algo deprimente en ese vacío grisáceo donde las basuras se atraen como imanes. La Caldini confía en que aparezca un bus, no sabe si para subirse o para tener la certeza de que podrá salir de allí si lo necesita. Loayza le cuenta que el lugar está muy distinto a la última vez que lo vio. No dice dónde estuvo en el intertanto. Tal vez espera a que ella le pregunte y como no lo hace, se ve obligado a volver al pasado en el que los pobladores hicieron de esa explanada un parque, plantando allí ciruelos, olivos y acacias; las mujeres recogían semillas para fabricar rosarios que vendían a la salida de las iglesias de la Liberación y los jóvenes tocaban la guitarra. Hasta que el gobierno pavimentó el parque y los convenció de que el único lugar en el que estarían seguros era en sus casas. La Caldini no sabe qué decir ante el dolor que provoca en Loayza la injusticia que cometieron al apartarlo de los pobladores que con sus manos construyeron aquel paseo: le pregunta si falta mucho para llegar.

—Ya vamos, se resigna.

La casa de los amigos que aceptaron recibir al gatito queda al final de una calle de tierra que colinda con la parte del cerro que ella no alcanza a ver desde la ventana de su departamento. Cruzan una reja de madera que les llega a la cadera y siguen por el costado de la casa hasta el patio trasero. Los objetos que vinieron de paso, como ella, terminaron por hacer allí una vida; troncos, ladrillos, neumáticos, sacos de cemento, una bicicleta, una piscina plástica rota, cajones humedecidos... En la parrilla no hay rastro de brasas, carbón o palos quemados. Se pregunta si la pareja en blanco y negro que se aproxima a ellos hace reuniones políticas camufladas de asados. El vestuario de Nilda demuestra que existen tiendas que continúan fabricando modelos de los años 80: la falda negra evasé hasta los tobillos, la blusa blanca con cuello largo en punta, botas oscuras con taco alto y cierre, collares de piedras, el pelo largo y ondulado lleno de canas.

La silla que le ofrecen es la de Nilda. Lo sabe porque a diferencia de los hombres que acercan un tronco y un cajón, ella se queda de pie con la excusa de que le inquietan las cosas que llevan años desatendidas en el jardín. La Caldini advierte que no las mueve con la intención de encontrarles un lugar; las cambia de tumba y de sueño.

Loayza debió haberles avisado que llegaría con una desconocida y, por esa razón, omiten preguntarle quién es, qué hace, de dónde viene, o quizás no lo preguntan para no verse obligados a responder ellos o porque no les interesa saber quién es, qué hace, de dónde viene. O ya lo saben. El Negro habla únicamente con Loayza, le cuenta con desdén las manipulaciones de los políticos para quedarse con el dinero de un proyecto de formación de líderes. Sus ironías tienen gracia pero apenas termina con los líderes, pasa al negocio del director de Obras, a las reuniones del consejo directivo... Le es imposible detenerse, quizás para no interrumpir el silencio del que lo excluyen las miradas de Loayza y su mujer.

Nilda la saca del jardín con la excusa de que necesita ayuda en la cocina. Loayza las mira irse como si se tratara de su hermana llevándose a su novia para interrogarla. El interior de la cabaña de madera mantiene los espacios de una casa burguesa abarrotada por objetos que pertenecen a otro ambiente en el que no hay lugar. Allí están los muebles quiteños, la paloma de madera, el gallo de cobre, la mesa fabricada con la base de fierro de una máquina de coser Singer, el afiche de la exposición de Violeta Parra en el Louvre y el de una obra de Guayasamín...: la épica que Rocha y ella eliminaron del hogar que está acusada de abandonar.

—¿No te gusta el atún?, le pregunta Nilda al comprobar que el tarro que le entregó continúa sin abrir.

En casa de sus padres usaban atún tipo salmón para rellenar la palta reina o para hacer croquetas que comían con puré; en el casino de la universidad se lo agregaban a la salsa de tomates sobre los tallarines y en las reuniones del Activo Consciente de la escuela de periodismo lo mezclaban con tomate y cebolla para comerlo con marraqueta. Un verano que viajó a Chiloé a visitar a un compañero relegado por la dictadura conoció los verdaderos salmones de carne rosada. Años después, en un programa de televisión, una siquiatra lo dijo en voz alta: era imposible que el salmón y el atún compartieran genes; cobró muchísimo dinero por repetirlo en otros programas y en un libro ampliamente vendido en el que desplazó la falsedad de la conserva a la sociedad chilena en su conjunto. Unos años después llegó al Mercado Central el atún de Isla de Pascua y se hizo evidente que en el tarro tampoco había atún. Ya estaban en democracia y las conserveras fueron multadas por suplantación de identidad. Lo siguiente que hicieron fue sacar a la venta un tarro pequeño con atún desmenuzado o en lomitos con el color de la piel humana, y a la antigua conserva la llamaron jurel al natural. A esa altura, la televisión había descubierto que la siquiatra no era siquiatra y el jurel en tarro lo comían los gatos, los pobres y ellos cuatro esa noche.

—¿Tú sabes quién soy?, la interroga Nilda.

Busca una pista entre los objetos que habitan a su antojo la casa. En los afiches, que no dejan ningún vacío, aparece un nombre repetido: en el show de Tilusa, el payaso triste, en Valparaíso; en un festival de poesía popular en Carahue; en la performance *Anónimas* en una galería de La Serena; y como monitora de un taller de canto en El Salto.

—¡Nilda Salamanca!

—Pero no te acuerdas de dónde me conoces.

La Caldini levanta la tapa, adentro del tarro vienen tres lomitos, cree recordar que eran cuatro. Separa los pedazos de carne oscura y advierte que contienen nervios, huesos, aletas, espinas.

—Ya veo que para ti el pasado quedó bien lejos, la acusa Nilda.

No puede ocultar que acostumbra comer lomitos de atún al agua.

—Yo pude haber hecho una carrera como artista visual, como poeta o como cantante, pero no puedo vivir preocupada solo por mí, dice Nilda como si la Caldini sí pudiera.

—¿Tú sabes quién soy yo?, le pregunta la Caldini a su vez.

Nilda vuelve a poner el cigarrillo que mantiene apagado entre los labios en la cajetilla y saca uno nuevo, que sí prende.

—El asunto es si tú lo sabes.

—Eso es más difícil.

Abre un lomito a lo largo y aparece una fila de huesitos blancos. En la universidad los usaban para hacer collares. Toma uno, se hace polvo.

—En cambio yo te recuerdo muy bien. Tú trabajabas con la Coordinadora de Pobladores de El Salto, los ayudabas a publicar el boletín *El Portavoz*.

—¿En qué año?, duda la Caldini.

—A fines del 86, nos conocimos en una jornada de protesta contra la dictadura, la peor de todas, cuando Pinochet sacó a los milicos a la calle, llegaste a nosotros porque querías hablar con Loayza. De la detención de Loayza te acuerdas…

El tiempo que pasó entre el parque creado por los pobladores y la campaña de seguridad del gobierno corresponde al de Loayza en la cárcel.

—Tal vez ahora nos puedas decir por qué desapareciste, continúa Nilda. Después de que se fueron los milicos te salimos a buscar por todas partes, debiste habernos avisado que estabas bien, la reprende como si hubiese desaparecido dos días y no veintitrés años.

—Lo siento, miente.

Nilda observa los tres trozos de jurel libres de nervios, espinas, aletas, escamas, huesos, carne negra.

—¡Vaya, por poco nos quedamos sin nada que comer!

Loayza traza con el cuchillo dos diagonales a lo largo del plato, quedan cuatro porciones iguales de jurel, cuatro de cebolla picada no muy fina, cuatro de tomates. Nilda les cuenta riendo cuán profundo limpió la Caldini el atún. Busca distraerlos de la acuciosidad con la que Loayza continúa dividiendo en cuatro el ají verde, las marraquetas… Solo cuando ha repartido en justicia cada ingrediente se retrae al cajón, alejado de la blancura de la ampolleta, para comer meticulosamente y sin perder una miga o trozo de jurel de su sándwich.

La visión de las costumbres que trajo con él desde la cárcel ahuyenta las palabras. A Nilda le arrebata el hambre. A la Caldini le provoca un estremecimiento. Es algo unido a la corteza de la marraqueta, a la sequedad del pescado, al aceite que empapa la miga, a la acidez del tomate y al picor del ají, pero no está en el sándwich, en ella o en Loayza y sus amigos. Los siguientes mordiscos le quitan fuerza a ese hálito que la envuelve al abrigo del pasado.

—¿Sigue habiendo conejos?, les pregunta Loayza, señalando el cerro.

—¿Quieres que vayamos a ver?

El Negro tuvo que haber sido guapo en 1986, con la piel olivácea de los hindúes y los rasgos delicados de un mediterráneo, la avidez o la gula lo hincharon hasta deformarlo.

—¿Y si aparece un guardia?, les desaconseja Nilda.

Escuchan ladridos, vienen del cerro.

—Mejor nos entramos.

—Solo están buscando conejos.

—Tú sabes que no.

Los ladridos están bajando. Nilda se intranquiliza:

—La gente dice que recogen a los perros vagos de las calles y los llevan al cerro para entrenarlos, que están formando un ejército de perros bravos, le explica a Loayza.

—Tonteras, interrumpe el Negro.

—Tú duermes como un oso, yo tengo el sueño liviano y los escucho.

—Lo que no entiendo es por qué esperaron hasta ahora para contarme sobre ellos, les recrimina Loayza.

El Negro, sentado firmemente sobre su trasero con las piernas abiertas, la espalda recta y las manos juntas, levanta el mentón y mira displicente la cumbre:

—No creímos que iban a llegar tan lejos.

A la Caldini le parece que hablan así para que ella no entienda.

—Andan invierno y verano sin polera para que todos vean unos signos raros que llevan tatuados en todo el cuerpo, insiste Nilda.

—¿Hicieron alguna acción ya?

Loayza cruza una pierna sobre la otra y apoya en la de arriba el brazo izquierdo con el propósito de sostener en su mano el codo flectado del brazo derecho y con los dedos acariciar el bigote que ya no existe. En una cárcel no hay punto de fuga, sobar el bigote debe haber apaciguado la visión excluyente de los muros.

—Los culpan de haber quemado un par de buses y los asientos de una plaza.

—Vándalos, critica Nilda.

Ha sacado del bolsillo una pequeña libreta negra que apoya en su rodilla para escribir con un lápiz a pasta palabras que no alcanza a distinguir.

—¿Pero hablaron con ellos?

El Negro le cuenta que se les acercó a través de un conocido que juega fútbol con el vecino de uno. La Caldini piensa que hablan de un movimiento político, pero son solo tres jóvenes; uno nació aquí y la madre lo dio en adopción a una mujer soltera del barrio alto; otro todavía vive en El Salto y un tercero es de la zona sur. No entiende por qué se muestran tan preocupados.

—¿Son de izquierda?, les pregunta Loayza.

Da la impresión de que la pareja lleva años, acaso los mismos que Loayza en la cárcel, ocultándole algo y no saben cómo hacer para abrirle los ojos y que no se sienta engañado.

—No es fácil con los jóvenes de ahora usar esas categorías, explica el Negro.

—¡Si no saben dónde están parados!, los pobladores tampoco los quieren, esas letras que llevan encima nadie sabe qué dicen, insiste Nilda, culpando del desconocimiento a los jóvenes y no a ellos.

—¿Pero ellos saben de nosotros?

—Les conté que el Movimiento Rebelde Juvenil nació aquí mismo, entre los jóvenes pobladores de El Salto, durante la dictadura, les hablé de nuestra lucha.

—¿Y qué dijeron?, pregunta Loayza.

El Negro tiene la vista fija en la punta del cerro. Nilda en su libreta.

—¿Sabes lo que le preguntaron? Si teníamos registrado el nombre.

Nilda pone cara de asco. A Loayza le hace gracia.

—Les tuve que explicar que seguimos gobernados por la constitución política de la dictadura que deja fuera de la ley a movimientos como el nuestro. Me preguntaron cuál era mi movida en esto.

—¿No les dijiste que podíamos conversar?

—No les interesa participar en ninguna orgánica.

—¿Y nuestro nombre?

El Negro recorre la pendiente como si pudiese desmoronarse.

—Dicen que les gusta, que se sienten rebeldes y juveniles.

—¿Pero entienden que si no se integran a nuestro grupo van a tener que dejar de llamarse así?, pregunta Loayza apisonando la tierra con los pies.

—Dicen que si los seguimos hueveando, registran el nombre y se acabó.

El viento frío que baja de la cordillera se mete en sus ropas demasiado livianas. Desde que llegaron a la casa, Loayza y la Caldini no han vuelto a comunicarse, como si haber revivido al gatito lo volviese innecesario y la usurpación del nombre lo volviera imposible.

—Esto no va a ser por mucho tiempo, lo consuela Nilda.

La presencia del Negro le impide ir más allá.

—Cuando encontremos un nuevo camino, la juventud pobladora nos va a seguir, así fue cuando empezamos, y volverá a ocurrir.

—Con los jóvenes vamos a tardar más, no creen en nada, dice el Negro.

—Pero a ti te van a respetar, cuando les cuentes dónde estuviste estos dieciséis años van a creer en tu palabra.

Los ladridos se acercan. Nilda coge una piedra grande y plana.

La primera vez que Loayza entró a la pieza que le prestó un ex compañero de la escuela tras salir de la Cárcel de Alta Seguridad, pudo llegar solo hasta la puerta. Desde que en 1975 la dictadura decretó libertad para importar, su amigo intentó ganar dinero con las importaciones, aunque solo consiguió perderlo. Después de cada quiebra, llevaba las cajas con la mercadería que no podía vender a esa casa cuya sucesión la familia lleva años disputando.

—Estoy seguro de que vas a reconocer muchas cosas de tu juventud.

Loayza espera en el zaguán a que su relato haga efecto:

—¿Vienes?

La Caldini lo sigue a través de un largo patio embaldosado al que dan las habitaciones con candado. Contra la medianera hay seis cocinas, una por cuarto y por país.

—Fueron llegando de a poco y mi amigo no tuvo corazón para echarlos; como hasta que se resuelva lo de la sucesión no pueden vender la casa... los deja estar acá y ellos cuidan que no se la ocupen, le explica.

Atraviesan el corredor hasta un segundo patio más pequeño donde hay un guindo. Loayza no exageró sobre las cajas, pero omitió decir qué hizo con ellas. Como apilarlas contra las paredes reducía el espacio y dificultaba el inventario que se ofreció a hacer a cambio del alojamiento, se le ocurrió distribuirlas como paredes interiores de una casa. Para no tapar la luz que entra por el hueco superior de la puerta, los improvisados muros llegan a la altura de los hombros, a la manera de esas imágenes en 3D que las inmobiliarias muestran en sus páginas web para que los interesados se asomen a husmear el mundo amoblado al que supuestamente accederán si lo compran.

Un móvil con trozos de bambú barnizados, como los que había en las casas de la izquierda artesanal en los 80, separa el pasillo formado con cajas del cuarto principal. Toca los bambúes, son plásticos.

—Hay muchas cajas.

—Cuando quieras irte, te acompaño a tu casa.

—No es necesario que pactemos mi salida.

De una caja abierta en el suelo asoman los mapas de Chile con errores que vendía frente a los tribunales. Loayza le explica que algo tuvo que haber distraído al maestro impresor de Mundicrom pues toda una partida salió con los colores fuera de registro.

—Las personas creen que están fallados, pero para un imprentero la mejor firma de un maestro es su error.

La mañana que ella estuvo en el café Roma para escuchar a Rocha declarar en el tribunal sobre su vida en común, Loayza esperaba a que pasara un imprentero capaz de notar la distracción del maestro de Mundicrom que en 1977 cometió un error en el mapa.

Es la hora en la que los inquilinos vuelven del trabajo. Escucha los candados, el agua, movimientos de ollas, una mujer grita a su hijo que si no se tranquiliza va a voltear la cacerola y el agua caliente le quemará el cuerpo. Los bolivianos alternan el sujeto y el predicado, la colombiana discute con su marido tratándolo de usted.

—¿Sabes lo que me confundió? Tu pelo.

Los dedos endurecidos de Loayza tocan sus cabellos y ella los siente avanzar cambiándolos de lugar y de sentido como si quisiera devolverla al tiempo en el que supuestamente se conocieron. Al final del pasillo los altos de cajas se ensanchan formando un pequeño cuarto con un escritorio modular blanco como el que ella tuvo en su cuarto en casa de sus padres, y un Kárdex metálico con cinco cajones. Loayza busca en el que archivó las letras S-T-U. El foco que cuelga del techo ilumina los caracteres impresos en los costados de la caja que descansa sobre la silla.

—¿Sabes chino?, le pregunta sorprendida.

—No, uso el traductor de internet.

Sin embargo, en el lugar no hay computadora.

Por debajo de la puerta se cuela el aroma de los aliños que hierven en las cocinas alineadas en el patio común. Los cuartos, trancados durante el día con candado, mantienen en privado el lugar en el que cenan, no las ollas donde las inmigrantes alcanzan a leer de un vistazo la suerte del país vecino.

Loayza le pasa una ficha como las que usaba en la universidad para estudiar y lee:

—«Producto: Hula hula. Procedencia: Corea. Fábrica: Shuangling. Año: 1975. Cantidad: 5000. Diámetro: 71 centímetros. Ubicación: pared izquierda pasillo dormitorio, fila 2, número 5...».

Da vuelta la ficha:

—En la URSS los prohibieron por considerarlos un símbolo de la vacuidad de la cultura imperialista, ríen.

—Por esto no te reconocí. Loayza le muestra el papel que estaba buscando:

Es la tenaza eléctrica con la que en 1979 se encrespaba el pelo. Al reverso se lee que las inventó la misma empresa que fabricó las primeras ametralladoras. Loayza le explica que como los objetos no tienen valor por su utilidad, les está armando un relato para ofrecerlos como antigüedades, y cuando necesita dinero sale a vender algunas cosas. A la Caldini le parece que va a tardar años.

—Vamos para allá, la guía al lugar en el que duerme.

Debió sacar de las cajas las cosas que necesita para vivir porque, pareciendo viejas, están nuevas. Encima del pequeño lavatorio hay un tarro de Cola Cao, un paquete de tallarines, una bolsa con salsa de tomates barata, un vaso con el cepillo y la pasta de dientes, loción para afeitar, un rollo de papel higiénico. Loayza desaparece tras un paisaje de los Alpes nevados. Ella tuvo un bosque otoñal en la pared de su cuarto. Sobre la caja que hace de velador hay una carpeta de cartulina color vino como la que la abogada usa para archivar su caso. La persona que escribió CHANDÍA en la portada puso una regla para mantener las letras derechas, algo debió distraerlo o distraerla y, como al imprentero de Mundicrom, la última letra le quedó unos milímetros más abajo. En la cárcel no deben permitir a los presos conectarse a internet; la Caldini supone que una persona de afuera tuvo que haber descargado de la web, durante todos los años que Loayza estuvo preso, el prontuario de Chandía, el dirigente del PSP que exterminó al Movimiento Rebelde Juvenil y metió a Loayza a la cárcel. Entre las montañas lo ve escanciar el vino tinto en dos pequeños vasos verdes con un gallo en relieve. Al advertir que se dispone a cruzar los Alpes para beber con ella, deja la carpeta de Chandía donde la encontró. Bajo la noche cerrada brindan porque ninguna nube gris empañe sus caminos. La Caldini le pregunta por la protesta de 1986 en la que, según Nilda, se conocieron.

—¿Recuerdas a una joven de 20 años con el pelo rizado por una tenaza inventada por los fabricantes de ametralladoras, vestida con una chomba roja ancha de lana tejida, que iba a El Salto a ayudar a los de la Coordinadora a publicar *El Portavoz*?

—Te pusiste triste, le dice Loayza.

—Eso fue en 1986.

—Vuelve a ocurrir.

Tras decir esto, Loayza se recoge como si fuese una hoja de papel. Ella lo mira expectante. Él abre la boca con la intención de explicar lo que está ocurriendo pero no emite ningún sonido, lleva sus manos sobre el costado derecho de su cuerpo y presiona con las palmas para devolver el dolor hacia el lugar de donde vino. La sangre se retira de sus uñas, de sus falanges distal, medio y proximal, de las muñecas, queda en blanco.

Habiendo aprendido de él los socorros que pueden devolver la vida a un gato, la Caldini no lo toca, no le dice que ya va a pasar, no le trae un vaso de agua. A pesar de eso, el gesto de permanecer a su lado lo lleva a pensar, una vez que la sangre reaparece en sus venas, que ella está ahí para él.

—Yo podría quererte, le dice.

—No es necesario, contesta ella quitando uno a uno sus dedos.

—Es mejor con cariño, refuta él con la otra mano.

La Caldini ya vivía en el departamento de la calle del cerro cuando conoció a Rocha. En su primera visita, él quedó sorprendido por las ocho ventanas. Qué buena luz y cuánta vista, se asombró. Y eso no es todo, contestó ella. Habiendo prolongado la sobremesa hasta las cuatro de la tarde, fue al dormitorio a hacer los preparativos. El sol había pasado por sobre el edificio de camino hacia el poniente y el cobertor absorvía la tibieza de los rayos que entraban en diagonal; con almohadas y cojines armó un espacio para que una parte de ellos quedara a la sombra y otra al sol. Llevó a Rocha y le mostró la mancha de luz. Sus pieles se entibiaron y, tras entibiarse, se calentaron. En tanto el sol se aproximaba al horizonte, comenzaron a sentir que se derretían. Él se incorporó y encendió un cigarrillo:

—Yo sé adónde me quieres llevar, recuerda que soy ateo, le advirtió entonces Rocha.

Ahora escucha a Loayza susurrar en su oído:

—Deja que te lleve.

Y le parece que el bigote de él roza su mejilla.

Están tendidos en la angosta cama de una plaza, Loayza le pregunta si puede quedarse adentro. Como ella no entiende, se lo ejemplifica:

—Solo haré un movimiento de vez en cuando.

Habiendo él tomado el cuidado de apoyar el peso de su cuerpo entre las palmas de sus manos y la punta de sus pies, ella no tiene motivo para oponerse a que se quede dentro, como lo llama. Más curiosidad le causa la forma en la que su rostro se abomba como si le hubiesen inyectado una espuma que se dilata al contacto con su sangre. Estando en eso lo escucha contar cómo el PSP les encargó formar el Movimiento Rebelde Juvenil para organizar a los jóvenes pobladores cesanteados por la dictadura y cómo, dada la importancia y masividad que este adquiría, fueron traicionados por la dirección: primero expulsados del partido y, en democracia, exterminados.

—Cuando la coalición democrática llegó al gobierno nos comprometimos a darles una tregua y ver si estaban dispuestos a cambiar las cosas, pero nos encontramos con que entregaron el agua, la salud, la minería… ¿Te aburro?

—No todavía.

—Me voy a mover.

La Caldini siente que tiran la punta de una hebra amarrada a su cuerpo. Loayza sigue contando cómo la represión los obligó a pasar de un accionar netamente miliciano, con armamento artesanal y de autodefensa, a una profesionalización militar que los llevó a la clandestinidad y a separarse de las masas. A pesar del ahínco con que empuja, siente cómo se va escurriendo.

—Nos convertimos en unos extraños, dice bajando la cabeza, las manos, los pies.

La Caldini resiente el filo de sus huesos entrando en su cuerpo.

—No te vayas, le ruega él.

Pero un peso que no parece venir de ese cuerpo enflaquecido le quita el aliento.

—No todavía, suplica Loayza, intentando apretar contra ella la hebra a punto de cortarse.

—Es demasiado peso.

—En unos minutos abre la panadería y podemos desayunar marraquetas con mantequilla recién salidas del horno.

—En este barrio no hay panaderías, solo un supermercado que hornea un pan congelado que fabrican industrialmente, tironea ella.

Loayza le arrebata sus zapatos en un intento desesperado por retenerla.

—¿Es porque estuve preso?, le grita cuando ella logra huir.

La Caldini se abre paso con los zapatos en la mano entre las tenazas, las cajitas musicales, las calculadoras y relojes de cuarzo, las lámparas de acrílico con forma de hongo, los dragones que escupen fuego para encender un cigarro.

—¿Tú sabes quién soy?, lo escucha gritar.

—Sé que no te llamas Loayza porque ese es el nombre del primer novio que tuve en cuarto año de preparatoria.

Los destellos azules que asoman por los huecos de la puerta le hacen descubrir a la Caldini que alguien vive en el cuartito del primer piso y que por la noche enciende un televisor. Por supuesto la Yugoslava sabe que uno de los vagos que el viejo verdulero adoptó como sobrino a veces duerme ahí. La Caldini recorre los cinco departamentos pidiendo firmas para la carta y esa misma tarde se la entrega al verdulero.

Por la noche se encuentra con que el sobrino y dos vagos más toman cerveza apoyados en la puerta del edificio. Muchas veces Rocha y ella comentaron la atracción que ejerce esta cuadra en las personas aparentemente sin oficio: las novias del pequeño diarero, los amigos que van a comer y a beber al quiosco de los cerrajeros, el Colo Colo —que se cree vidente—, la mujer delgada que se tapa la boca para hablar consigo misma, el mariguanero que ayuda en el pequeño almacén, el ex vedeto de una disco gay que vende Súper 8 en la esquina, los dos paralíticos; todos ellos salen de su casa muy temprano, toman uno o dos buses y hasta caminan para venir a pasar el día en esta cuadra y volver por la noche a su casa.

—¿Me dejan pasar?, les pregunta.

El silencio que obtiene como respuesta le da a entender que se han coludido para impedirle la entrada. La Caldini les muestra la llave. Los dos vagos se alejan pero el sobrino traba la puerta con el pie. Podrá insertar la llave, no abrir. Ya todos deben haberse enterado del contenido de la carta que le entregó al verdulero esta mañana. En vez de interceder para que el sobrino la deje pasar, los vecinos prefieren dar vuelta la espalda; solo la Yugoslava que limpia las mesas con un pañito mantiene un ojo atento en la vereda del frente.

—Voy a entrar, afirma la Caldini con la llave en la cerradura.

—Nosotros llegamos aquí antes que tú, le contesta el sobrino. Si alguien tiene que irse, no somos nosotros, agrega en voz alta para que todos escuchen la amenaza y no lo vean retirar el pie.

Lo siguiente que ocurre es el robo de su bicicleta. Supone que fueron los vagos y el sobrino pero no tiene pruebas. El verdulero le avisa a la Yugoslava que va a dejar el cuartito para que no lo culpen. Mientras continúa guardando en la computadora los fragmentos de su vida, que titula Rocha.1, Rocha.2, Rocha.3, en las afueras del edificio vago.1, vago.2, vago.3 cuentan a todos los que se acercan al quiosco que la vecina del cuarto piso los desalojó del cuartito y que no podrán seguir atendiendo. En unos días más se enterará por la Yugoslava de que todas las verduras y frutas cupieron en el quiosco. Nunca fue necesario guardarlas en otro lado. Tampoco permanecer encerrada en el departamento mientras un segundo par de albañiles —Veloso S.A. dice la camioneta y las camisetas— apoya una larga escalera metálica contra la fachada de la casa dañada por el terremoto. El empleado sube primero a asegurar la escalera. Ella no se hubiese fiado pero el jefe va hablando por celular y el otro aprovecha para responder el suyo. Deben tener mucho trabajo, no despegan los aparatos de sus orejas. El empleado coge la punta de la huincha y le pasa al jefe la carcasa. A diferencia del padre e hijo o aprendiz, se acercan al boquete por lados opuestos. Faltando más de un metro para llegar, estiran la huincha, bajan del techo, acomodan la escalera en el camión y se llevan el papelito con la dimensión aproximada del vacío.

Si trabajó en el boletín *El Portavoz*, como dice Nilda, debe haber un ejemplar en el baúl y acaso un manifiesto del Movimiento Rebelde Juvenil que leyó antes de ir a la protesta contra la dictadura en El Salto en 1986. Podría pedirle a los cerrajeros que intenten abrirlo. Tendría que pasar delante del verdulero, el almacenero, el diarero, los vagos, los inválidos, la joven embarazada, el ex carabinero que se quedó con el almacén del Perro… Todos ellos tuvieron que ver al ladrón saliendo del edificio con su bicicleta y tienen cosido a la mirada ese conocimiento del que la excluyen.

Al cerrar la ventana le parece que el sonido es más profundo que lo habitual. Lo mismo ocurre cuando una hoja de papel cae al suelo, se escucha como si fuese una resma y un vacío bajo el piso amplificara los sonidos. La distrae un correo de Loayza en que le pregunta por qué no volvió a verlo, le pide disculpas si la ofendió al darle su nombre político en vez del real: Zanelli.

En el buscador encuentra la única entrevista que dio en la cárcel de Alta Seguridad. El periodista atraviesa la gruesa puerta metálica verde sin número de la avenida

Pedro Montt, el gallinero abandonado, el patio que limita con la fábrica de armamentos cerrada, el gimnasio en el que aloja la policía antimotines que al día siguiente apaleará a los estudiantes que se atrevan a protestar contra el gobierno democrático, un pasadizo, una segunda puerta, la máquina detectora de metales, una nueva reja, una puerta para mujeres y otra para hombres, un patio cercado con alambre de púas, las casetas para tiradores que separan a los presos políticos de los comunes, una construcción amarilla en desuso, una escalera, una reja, un pasillo bajo tierra...

La Yugoslava la llama desde el subsuelo, esta mañana compró un bidón de cloro con el dinero en común para remover los dieciséis años de mugre que el verdulero apozó en el cuartito; la llama para avisarle que encontró el candado de la bicicleta cortado por un napoléon. El cuartito es apenas un pasadizo de ladrillos carcomidos por la humedad donde se esconden los insectos que al final del día caerán en las telas que las arañas cuelgan delante de su cara. Hacia el fondo las paredes se ensanchan dejando espacio al colchón donde el sobrino adoptivo del verdulero dormía y veía televisión cuando, según la Yugoslava, no estaba en la cárcel por ladrón. Si al entrar hay que encorvarse para no rozar el techo, en la parte más ancha el techo se aleja hacia el infinito, como si estuvieran alojadas en un pozo sin fondo. Sobre sus cabezas flota una masa oscura y eterna. ¿Sientes que fracasaron?, le pregunta el periodista. Si nos ganaron o no, es relativo, contesta Zanelli; murió mucha gente y los que quedamos terminamos todos presos, pero haber peleado esa guerra y seguir aquí, cuando la intención que tuvieron fue aniquilarnos, me llena de orgullo.

La última vez que vino a la avenida La Paz fue para esperar el cuerpo de Rivera. Se juntaron cerca de cien personas en el estacionamiento del Instituto Médico Legal, eran las diez y ya hacía calor. A las doce todavía no traían el cuerpo ni les permitían entrar.

En los pisos altos los funcionarios se acercaban a las ventanas para mirar al grupo que esperaba al sol. A las cuatro de la tarde bajó un guardia a disolverlos. Le exigieron una orden firmada por el director del Instituto, los ánimos estaban enardecidos, no era justo que la esposa y los hijos estuvieran horas de pie bajo el sol. Más tarde apareció el jardinero y tuvieron que apiñarse para no ser mojados como plantas. El dirigente del PC encargado de dar el discurso llamó a un conocido que tenía un amigo en La Moneda, quien a su vez telefoneó al director del Instituto para decirle que el desgraciado que se colgó de una viga del techo fue dirigente del comité central del Partido Comunista en la clandestinidad, periodista de *La Nación*, de la radio Minería y de la oficina de prensa de La Moneda. La Caldini se enteró de que lo despidieron de todos esos lugares por borracho y que con el último desahucio se compró un taxi, lo asaltaron y se colgó. En la escuela de periodismo no tomaba más que la Caldini y sus amigos: empezó en democracia, nadie pudo decirle por qué.

Un año después su ayudanta en el curso de Redacción II apareció por el departamento con su novio y una cámara. Él le había enseñado a hacer el sonido y transportaban el material en el auto de ella. La Caldini tuvo que haber adivinado al verlo entrar, con el pelo y la barba color zanahoria, que era hijo de Rivera. En vez de flaco y esmirriado, con los pantalones de cotelé demasiado cortos, los zapatos de cuero remendados por un zapatero del partido y los bolsillos hinchados de novelas rusas y obras de marxismo, el joven era más bien gordo y tenía un aire infantil. Llevaba varios años buscando personas que hubiesen conocido a su padre. Ya tenía bastante material filmado pero no conseguía editarlo y eso lo tenía mal. La ayudanta de la Caldini seguía con sus labios el relato del niño de 13 años cuando entró a la bodega y vio el cuerpo del padre colgando de la viga del techo, su regreso a la casa, la espera interminable en el vestíbulo mientras escuchaba hablar a su madre y a sus hermanos menores en la cocina, la decisión de ir y contarles.

No por saberlo de memoria, la ayudanta lo adoraba menos.

Me gustaría que me contaras lo que sabes de mi padre, le pidió el hijo de Rivera. La Caldini pensó qué decir que no sonara épico y recordó que una tarde él la llevó al cerro de la Virgen con la intención de besarla y que sus bigotes colorines a lo revolucionario mexicano le hicieron cosquillas. Conversaron hasta el amanecer, se tomaron los dos vinos que compraron en la botillería del ex carabinero, y una botella de pisco. La Caldini le preguntó qué decían los otros entrevistados. El hijo de Rivera le contó que se mostraban amables, lo invitaban a comer, pedían un vino primero y otro después y, de postre, un par de rones o una botella de pisco. Cuando se les aflojaba la lengua comenzaban a recordar las cosas que habían vivido en dictadura y que no volvieron a conversar con nadie hasta que apareció él, el hijo de Rivera, para preguntarles qué sentido tuvo el dolor que pasaron su madre, él y sus hermanos.

Después del Instituto Médico Legal viene, por avenida La Paz, el Hospital Psiquiátrico. Los internos que tienen permiso para salir a la avenida piden monedas y cigarros cuando hay luz roja en el semáforo. El trayecto por La Paz la ha dejado sedienta, compra una botella de agua y le cobran el doble de lo habitual. Como no sabe en qué calle del cementerio es el entierro, espera a que aparezca alguien con aspecto de ir al funeral de una escritora y no se equivoca en su elección. Desde la cuadra anterior se escucha el guitarreo. Sentado al borde de una lápida, un hombre canoso interpreta una canción de los Rolling Stones. A muchos de los que están ahí no les sabe el nombre, de otros solo retiene el nombre: se los viene encontrando desde la dictadura, como si formasen parte de un cisma que no termina de escindirse a pesar de que nada los une. El cargo más alto lo ostenta una historiadora que aspira a ser ministra de Cultura y aunque están lejos de nombrarla, el rumor permite a quienes la conocen criticar no solo las ideas que supuestamente impondrá cuando acceda al cargo, sino culparla de no dar trabajo a sus amigos por temor a que le disputen el puesto en el que todavía no la nombran. En todos estos años, con más o menos suerte, todos ellos consiguieron reconocimiento salvo la escritora. La Caldini se acercó a ella a través de

Rocha. Él le contó que una vez dio su nombre para que la invitaran a una comida con un editor francés y ella les contestó: «Si creen que mi obra merece ser publicada en Francia, entréguenle al editor mis libros, no me inviten a disputar las sobras cuando todos sabemos que la decisión importante se tomó en un comedor exclusivo».

Un familiar sale a decir que algunas personas quieren leer fragmentos de los libros de la escritora y llama en primer lugar a la encargada de prensa que viene en nombre de la directora del Centro Cultural de La Moneda, que no alcanzó a llegar a representar al gobierno. Es la única que viste de negro. Abre la página que le marcaron con la servilleta de una central de casinos, pero no sabe leer, lo que es imperdonable en su cargo, o sabe pero no entiende y para encontrarle un sentido a lo que lee cambia por su cuenta preposiciones, tiempos verbales, palabras, líneas. Los que conocen bien los textos no saben si armar un escándalo o dejarlo pasar.

—¿Sabes?, estás leyendo mal, la enfrenta una impaciente.

Siendo evidente que se dirige a ella, la funcionaria continúa leyendo. La impaciente les muestra a todos el libro abierto en la misma página:

—No es ingreso, es el ser que hace su entrada.

—De *entrance*, grita un hombre en francés.

La funcionaria continúa leyendo más rápido y en su apuro omite frases completas. Los murmullos de desaprobación suben de tono, se salta un párrafo y cae en la última línea. Una formación de cotorras cruza el cielo y aterriza en el ciprés que da sombra al agujero que por la tarde cavaron los empleados del cementerio; hay más cotorras en las ramas que deudos. El músico agita un diario doblado para espantarlas. Un hombre de barba y chaleco sin mangas con rombos les explica que es imposible ahuyentarlas. Son una plaga, el primer foco apareció en el Country Club de Bilbao; los vecinos las trajeron de sus viajes como mascotas y, cuando se cansaron, las soltaron y fueron a parar a los árboles.

El familiar presenta a la editora que conseguirá para la escritora el reconocimiento póstumo que merece; enfrascada en que sea bien leída, no se percata de que el cotorreo impide a los presentes captar el valor de la obra que ella se dispone a rescatar. Los más impacientes se acercan y conversan o se retiran hacia el fondo. No parecen creer que la publicación de las obras completas atraerá a los lectores que la escritora no tuvo en vida. No se explican por qué ella no pudo y otras y otros sí. Quizás ellos mismos colaboraron al comprar libros más fáciles de leer o más populares, al no escribir sobre ella en los congresos y las revistas indexadas. Desazonados, preferirían saltarse la escritura para enterrar ya el cuerpo. El familiar presenta ahora a una tallerista que desea rendir testimonio en representación de quienes la tuvieron como maestra. La joven promesa sabe que las cotorras no permitirán que se escuche su lectura, podría escudarse en eso para sugerir que prosiga la ceremonia, pero aunque no la escuchen, decide, van a verla. El hombre de barba y chaleco sin mangas con rombos ha concitado una pequeña audiencia por su conocimiento sobre las cotorras abandonadas; aclara que si bien está permitido cazarlas en cualquier época del año y sin limitación, e incluso eliminar sus nidos y huevos, la ley prohíbe la caza en áreas urbanas y aunque algunas municipalidades se encargan de sacar los nidos, las cotorras son muy persistentes. Mientras la tallerista grita lo que la escritora apenas se atrevió a balbucear, la Caldini observa la queda conversación que sostiene el familiar y tres jóvenes sin camisa con el cuerpo tatuado y la cabeza rapada. Da la impresión de que se equivocaron de entierro. Los que están alrededor los perciben y toman distancia. Con la venia del familiar, aunque sin su presentación, uno de ellos se acerca al ataúd. No dice su nombre, su profesión o su cargo, se presenta como el mejor amigo del hijo de la escritora, no dice si se refiere al de cuerpo menudo o al que mira impaciente a las cotorras que imprevistamente guardan silencio. El orador agradece a la madre de su mejor amigo, que los aceptó en su casa a pesar de que no estaba de acuerdo y era muy crítica con lo que ellos pensaban. No les tenía miedo y no los echó nunca a la calle, enfatiza, como si todos los demás sí. Dice que le extraña que hablen de la escritora y no de la militante del Movimiento Rebelde Juvenil detenida y torturada durante la dictadura, se pregunta por qué lo omiten. El otro joven se acerca al ciprés y lo zamarrea. Salen en estampida las cotorras con chillidos, graznidos, aleteos y los deudos se ven obligados a esconder las cabezas bajo el brazo cuando los empleados de la funeraria piden voluntarios para bajar el cajón. Ya no hay más que hacer y las cotorras vuelan a otro funeral. Los amigos de la escritora no se deciden a partir, el cantante toma la guitarra y se le quiebra la voz. El reconocimiento vuelve paulatinamente a las conversaciones, la Caldini escucha que hay un puesto, un congreso, una revista, una jefatura, una beca que disputar. Quienes la conocen como mujer de Rocha deben creer que lo dejó por los mismos motivos por los que ellos lo enterraron, y la miran como a la viuda de un estafador. Los últimos familiares se marchan, ya no hay excusa para quedarse. El hijo y sus dos amigos caminan adelante copando la calle. Nadie se atreve a pasarlos, de sus cuerpos emana un fuerte olor a perro. Son los jóvenes que mencionó el Negro en el jardín de El Salto, los que usurparon el nombre del Movimiento Rebelde Juvenil. El Negro contó aquella noche que uno de ellos había sido entregado en adopción a una mujer soltera del barrio alto; la mujer del barrio alto es la escritora. Ella debió contarle al joven de cuerpo menudo que sus padres biológicos vivían en El Salto y cuando fue a conocerlos, se encontró con los otros dos; ellos lo invitaron a participar en el grupo. Como todavía no encontraban un nombre, el hijo de la escritora les llevó unos manuscritos impresos en papel oscuro por medio de un sistema muy básico llamado sténcil que encontró en un baúl junto a revistas y papeles viejos. Las letras ininteligibles que se hicieron tatuar en sus cuerpos corresponden a los signos que aparecían por error al traspasar el original al sténcil.

En la cumbre del cerro se enciende la Virgen. Al familiar de algún funcionario que trabaja en la curia se le tuvo que haber ocurrido darle un color distinto cada día de la semana para que parezca más moderna y seguro cobró por la idea. El sábado es naranja y Rocha en su neurosis nunca la vio, el domingo es violeta y solo la vio al comienzo, el lunes es roja y ella prefirió esconderse para no ser atrapada por su mirada, el martes es azul y no pasaron de ser dos extraños, el miércoles verde se pregunta si es posible ver al otro, el jueves amarillo ve todo oscuro, el viernes añil baja una espesa niebla. La Caldini busca cómo llegó la Virgen a la cumbre del cerro. En 1903, al acercarse el cincuenteavo aniversario de la verdad revelada por Dios, al arzobispo no se le ocurrían ideas novedosas para celebrar y convocó a un grupo de «caballeros y señoras de la sociedad» para que lo ayudaran a pensar. De este comité surgió la idea de traer una Virgen de Europa y colocarla a 863 metros sobre el nivel del mar para que amparara en sus brazos a los habitantes de la ciudad. Por un error de cálculo la pusieron tan cerca del abismo que nadie puede alcanzar sus brazos.

En la memoria del computador hay diecinueve Rochas. El sábado crea un archivo titulado Rocha a secas y traspasa al nuevo documento el contenido de los diecinueve anteriores. El domingo los lee en forma consecutiva y descubre que no aparece por ninguna parte su inocencia. El lunes corta Rocha.2 y lo pega después de .6, corta .9 y lo pone antes de .17. De tanto cortar y pegar el martes olvida si .4 lo dejó más adelante o más atrás o lo borró al seleccionar y copiar un nuevo fragmento. El miércoles vacía Rocha a secas y traslada nuevamente los diecinueve archivos originales pero algo ocurre y se encuentra con que un mismo Rocha.4 o .6 aparece en varias partes o no está o se mezclaron. El jueves lee en el buscador que los siete colores del arco iris son en realidad seis, el añil no existe. Newton lo inventó para sumar siete y crear una correspondencia con los siete astros celestes, los siete metales usados en la alquimia, las siete notas musicales y los siete días de la semana. El viernes, cuando ya se hizo tarde para enviar su declaración a la abogada, descubre que la presunción de inocencia es una manifestación del principio de culpabilidad.

La Caldini sitúa la computadora de forma que la cámara solo muestre el pasillo y la puerta del baño al fondo. Cuando aparece el ícono del teléfono de la abogada en su pantalla, echa su cámara a rodar. La voz algo ronca parece flotar en el espacio, como sus pasos en el parqué, como los muros que suenan huecos, como el rugido de los automóviles que recuerda el del terremoto o como el eco de sus pisadas y la vibración inexplicable de las ventanas. Al notar que al otro lado de la pantalla no aparecen las orbitas salidas hacia afuera ni las venillas rojas que craquelan la piel blanca, apaga su cámara y quedan dos oscuridades.

—Gracias por aceptar hablar conmigo, le dice la Caldini al fondo negro.

—No me dejaste alternativa, contesta la oscuridad.

Cuando a las nueve de la noche del viernes la Caldini logró enviar por correo a la abogada las nueve carillas de Rocha a secas, esta le respondió con su horario de trabajo. La Caldini se excusó por el atraso. «Parece que no entiendes, no trabajo de noche ni los fines de semana y no voy a abrir la oficina para atenderte a ti.» Se abstuvo de mencionar que no tenía necesidad de abrir la oficina porque seguramente vive en ella. «¿Te das cuenta de la situación en la que me pones? Si acepto tu atraso, no tendría vida privada.» La Caldini insistió en que no quiso faltarle el respeto ni quitarle su vida. «La única razón para leer tu declaración un fin de semana es que está en juego mi reputación.» Iban en el séptimo correo y le pidió disculpas por tercera vez. La abogada contestó que el sábado salía fuera de la ciudad y el domingo se lo dedicaba a su familia, pero en vez de hasta el lunes, se despidió hasta el domingo.

—Lo he leído tres veces y no puedo entender qué es lo que me mandaste, escucha decir a la oscuridad.

Se va a vengar por mi atraso, piensa.

—La organicé en fragmentos breves que dan cuenta de los cambios que Rocha tuvo en los últimos años y que me hicieron imposible seguir con él.

—Yo veo un montón de pedazos sin ilación. Te voy a leer uno solo. ¿Dónde está el que marcamos?, pregunta la oscuridad.

La escucha abrir y cerrar archivos.

—No lo encuentro.

—Es este, afirma una voz menor.

—Aquí está, Rocha.19, cuando su editor le advierte que no está siendo leído por los menores de cuarenta y los lectores que tienen su edad opinan que se está repitiendo.

—Fui testigo directo.

La Caldini siente que del otro lado pueden verla, pero revisa su cámara y está apagada.

—¡Eso está bueno!, grita la oscuridad menor.

—Estoy con mi hija, le explica la abogada. Ella trabaja en una editorial y le pedí como un favor personal que leyera tu declaración para tener una segunda opinión.

—Hola, saluda la hija.

—Hola.

—Podría intentar, con mucho amaño, probar que la crisis emocional de Rocha comenzó cuando su carrera como intelectual empezó a ir en declive. Pero, ¿qué tiene que ver lo que sigue?, pregunta la abogada.

—Mami, advierte la menor, tranqui.

—«El único camino que se le abrió para llegar a otro público era el de la ficción. Cuando se devolvía a buscar las facturas, cuando inventaba invitaciones y asumía créditos, estaba construyendo al escritor abandonado y digno de compasión. En la entrevista a la televisión, que reprodujo el suplemento «Artes y Letras» en Chile —aunque jamás se encontró la emisión original que supuestamente se dio en Japón— sabía que estaba acabado.»

—Es desopilante, más ocurrente que muchas novelas, te felicito, agrega la menor.

—¿De verdad tú pretendes que yo acuse a Rocha de haber provocado la separación para escribir una autoficción que lo saque de la tumba a la que lo arrojaron?

Le parece que al otro lado aguantan la respiración:

—Es lo más novelesco que he escuchado.

—Yo te entiendo, dice la menor. Hay hombres que no perdonan que una los deje.

—Les recuerdo que la lectora de esto será una jueza. Ahora dime, ¿qué hago con estos pedazos que me mandaste?

—Mami…

La abogada se lo advirtió cuando ella no quiso recurrir al informe de la siquiatra: «Prepárate para conocer la maldad humana». Empezando por la suya.

—En mi oficina te mostré en qué consiste un proceso judicial, conversamos sobre el lenguaje, la forma, el contenido… No puedo hacer una defensa con esto.

—Mami, le estás diciendo solo lo malo. Dile lo que hablamos.

La Caldini mira a la oscuridad a los ojos.

—Ok, hay partes que te atrapan y no puedes dejar de leer, toda esa cosa generacional, de época, le imprime una atmósfera bien lograda y transmites un sentimiento…

—Y está súper bien escrito, añade la hija.

—Gracias.

—Pero cuando terminas de leer, no sabes de qué se trata, qué fue lo que quisiste decir, adónde va lo que escribiste.

Podría esgrimir que es contradictorio que un texto transmita sentimientos y no se entienda.

—Hay un par de imágenes muy potentes, se nota que tienes facilidad, interviene la menor.

—No puedo leer una historia toda agujereada delante de un tribunal. ¿Sigues ahí?

Estacionado junto a la falsa acacia, el camión de la basura tritura los cabellos cortados en las tres peluquerías, las hojas podridas, los pañales, las cajas vacías de vino; dos veces por día, a las nueve de la noche y a las tres de la mañana, siempre triturando.

—¿Qué sugieres qué haga?, dice por encima del ruido.

—A las siete de la noche del domingo no basta con una sugerencia.

La Caldini confunde la oscuridad del centro de la pantalla con un par de colmillos.

—Mami, no seas así, conversamos otra cosa.

Y a la Caldini:

—Yo creo que de todos los Rochas se puede rescatar algo.

Pero a la abogada le aburre la clemencia:

—Yo diría que en lo que me enviaste no hay nada que sirva para una defensa.

—Con trabajo podría llegar a ser una novela, la alienta la menor.

—¿Tienes abierto el texto?

—Sí, miente.

—Voy a decirte lo que tienes que cambiar.

—Claro.

—Punto por punto.

La abogada hace una pausa para escuchar algo más decisivo.

—Claro, repite la Caldini.

—Nos dimos el trabajo de armar una estructura correcta y clara.

Le parece que la abogada voltea hacia su hija y esta le contesta con un gesto para que la Caldini no escuche. El silencio se alarga. Aunque de la madre y la hija no hay imagen, puede percibir que siguen ahí. Le cuesta pensar que ellas crean que la están engañando con el lenguaje de señas. En el correo que le mandó esta mañana advirtió que le daría quince minutos; le quedan tres. No tiene dudas de que a la abogada se le cruzó por la mente abandonar su caso, no solo esta vez, también cuando se opuso a negociar una cifra con Rocha o a recurrir a la siquiatra. El italiano del restorán de abajo le pasó el numero de teléfono de otro abogado que trabaja en un bufete y tiene contactos en los tribunales, pero cobra el triple, por lo que prefiere confiar en que el profesionalismo de la abogada se impondrá a sus pasiones tristes.

—Mi hija te mandó un correo con las correcciones en las que estuvimos trabajando por la tarde a pesar de que es mi día libre. ¿Puedes abrirlo?

—Claro, miente de nuevo.

—Ahí aparece marcado lo que tienes que cortar, cambiar, reordenar, las explicaciones que faltan... ¿Entiendes las indicaciones?

—Claro.

—¿Segura?

Sigue las huellas que dejaron en el texto las uñas pintadas con esmalte rojo oscuro mientras fueron aserrando, taladrando, limando y engrampando una nueva versión de su vida.

—Mami, es la hora o no vamos a agarrar ni un canapé, dice la menor.

—Bueno, chaíto nomás, atente exactamente a lo que te mandamos y no vamos a tener problemas, ¿entendido?

Su silencio las impacienta.

—Debe ser una interferencia. ¿Nos escuchas?, pregunta la menor.

—Cortó, tráeme el esmalte rojo que está en el baño.

—Pero estamos atrasadas.

—Ni muerta salgo con estas uñas.

La chomba de lana blanca tejida a palillo asoma por detrás de la jovencita de pelo negro que se come la cutícula ante la posibilidad de que su novio la haya plantado. Zanelli debe tener dos chombas iguales o solo una que lava por la noche con suavizante para que se ponga esponjosa.

—Gracias por juntarte conmigo, necesitaba verte, le dice a la Caldini.

Su voz al teléfono sonaba terrible.

—Estaba en el sindicato de trabajadores de la construcción, por eso demoré un poco.

—¿Y qué hacías en el sindicato de la construcción?, le pregunta ella.

—¿Subimos?

No son la única pareja que prefiere el tren al moderno teleférico para subir a la cima del cerro. Como los vagones que miran hacia la ciudad son los primeros en llenarse, pasan directamente al último, que será el primero en llegar arriba. En la estación del zoológico divisan algunos pájaros, al elefante lo escuchan, a los camellos los huelen y los gritos de los visitantes los padecen. Zanelli está maravillado con la simpleza del mecanismo que mueve al tren:

—Es brillante, cuando comenzó a fallar la máquina y el encargado no encontró repuestos, en vez de cambiar el mecanismo a uno computarizado, lo hizo manual, así puede seguir funcionando con poco dinero, ¡lo salvó!

Si desde abajo la franja de árboles alrededor de las vías se veía como una delgada hebra incapaz de esconder a alguien, desde el tren parece que se internaran en un bosque nativo que Zanelli aprovecha para tomar su mano. Es como si la intimidad con ella le insuflara volumen a su rostro borrando las marcas aguzadas de sus huesos.

El fotógrafo con delantal blanco que espera a las parejas en la cumbre les ofrece una polaroid. Los retratos del amor que exhibe sobre unas cartulinas arrugadas le recuerdan las fotografías de los inmigrantes recién llegados al puerto de Buenos Aires que el italiano tiene adheridas a las ventanas del restorán. Los barcos que venían de Europa con su carga de inmigrantes atraían a fotógrafos desempleados que se ofrecían a tomar la primera imagen en el nuevo mundo. Doscientos años después, aquellas desvaídas fotografías que prestaron testimonio de la veracidad del viaje, esperan en una casa de antigüedades a que algún paseante como el italiano se sienta atraído por esos desconocidos amontonados con sus maletas en un rincón del cuadro mientras en el otro aparece visible el nombre del barco. El italiano le contó a la Caldini que con los inmigrantes venían vírgenes que sus familias enviaban a Chile a casarse. La del cerro es una copia que hizo un escultor italiano avecindado en París de la Virgen de la plaza España en Roma. Quién sabe qué advertencias le hicieron los caballeros y las señoras de la sociedad chilena pues mientras la romana evoca a una Madonna, la del cerro a una monja. Como sea, la Virgen llegó en barco a Valparaíso, tuvieron que existir fotografías del gentío que fue a recibirla y se quedó a ver cómo la subían a la carreta tirada por bueyes para llevarla a Santiago.

Zanelli y la Caldini se asoman a un claro donde unos obreros de la construcción comparten una bebida sentados en un círculo. Atrás de ellos se estaciona una camioneta de seguridad, los guardias llevan chaquetas cortas y el nombre de la empresa en la espalda. La Caldini esconde las latas de cerveza bajo su chomba, aunque desde la camioneta tuvieron que haberlos visto.

—No vienen por nosotros, la tranquiliza Zanelli.

Los guardias se paran junto a los obreros. El que está al mando pregunta qué toman. Ellos le muestran la botella de bebida de imitación. El de menor rango se abre paso en el círculo y la huele. El más viejo pide los carnés, una por una va juntando las letras de los nombres. El otro pide a un obrero que le entregue su vaso. Él reclama que ya revisaron la botella, para qué va a revisar un vaso, pero el guardia se pone terco, el obrero consulta con la mirada a sus compañeros, le hacen el gesto de *qué te importa*.

—Son guardias privados, no están autorizados a hacer eso, advierte ella.

Zanelli aprieta su mano como si ella todavía sintiera miedo de la policía y él pudiera tranquilizarla.

—Si se ponen pesados, lo único que van a conseguir es que vuelvan otro día y ya no van a poder juntarse aquí.

El obrero sentado de espalda al guardia alza su vaso sin mirar hacia atrás. El otro acerca su nariz al borde y se lo devuelve. El que contaba los chistes antes de que llegaran los guardias lanza una talla y todos ríen, hasta los guardias.

La Caldini espera a que se vayan para sacar las cervezas. Los obreros la descubren. Avergonzada, alza la suya a modo de brindis. Ellos responden con bebida. El que le pasó su vaso al guardia tira al basurero el líquido y el vaso; un compañero le presta el suyo. A la explanada llega el bús y se ponen de pie. El que botó el vaso se acerca:

—A esos ya los conocemos, la empresa los obliga a mantener un diario de trabajo y les hacemos el favor de darles algo que contar.

—¿Trabajan en el cerro?

También con el portero que le calentó la leche al gatito Zanelli empleó un modo como si se conocieran de los domingos en la cancha de fútbol del barrio y estuvieran ahora recordando la vez que se calentaron las cervezas y las tomaron igual.

—Estamos reparando un muro de contención, la empresa que lo hizo le echó demasiada arena así que nos llamaron a nosotros.

—Así es ahora.

—Así tenemos trabajo.

Cuando el bus parte, por la ventana asoma la cabeza del obrero:

—Ellos fueron, grita. Los demás se asoman y ríen.

Zanelli la invita a caminar, conoce los nombres de todos los árboles que encuentran. Como la cárcel no tiene fondos para comprar libros, aceptan donaciones y llegan las colecciones que ninguna otra institución pública quiso. A él le tocó leer la de un botánico chileno de los años 50 que trabajó en la Universidad de Chile.

—Hay muchas especies que no son de este valle, las trajeron para plantarlas aquí.

El sendero termina, deben decidir si regresan a la explanada para volver en el tren o se meten a la espesura. Se hace difícil avanzar entre las ramas. Zanelli decide adelantarse para ver si el sendero reaparece en alguna parte.

La Caldini espera a un costado, como la Virgen. Desde Valparaíso la arrastraron los bueyes a los llanos de Peñuelas y luego hasta la villa de Casa Blanca, donde por su tamaño tuvieron que alojarla afuera de la iglesia. A la mañana temprano continuaron camino hacia la cuesta de Zapata. El ascenso les tomó todo el día. Desde la cumbre, la Virgen pudo apreciar los hermosos panoramas del valle central, aunque al día siguiente, en la bajada hacia el villorrio de Bustamante, en Curacaví, enfrentó grandes dificultades. Tras pasar a la intemperie su segunda noche, subió la otra cuesta, la de Lo Prado. Antes de encarar la dura bajada se detuvieron a descansar y a contemplar a lo lejos la ciudad de Santiago. Tenían planeado llevarla ese mismo día a la cumbre del San Cristóbal pero al abordar la primera curva del cerro se encontraron con que no cabía en el camino. Todos los fines de semana una procesión de curiosos iba hasta el cerro para verla esperando. Los caballeros de la sociedad que corrieron con los gastos del viaje desde París tuvieron que financiar la construcción de un camino nuevo. Entre las fotografías que la Caldini encontró en el buscador había una de un grupo de jornaleros con delantal, camisa blanca, chaleco sin mangas, lazo y sombrero. Los capataces vigilaban arriba de los caballos, con sombreros tipo safari, como en las minas de diamantes africanas.

—Por aquí, grita Zanelli.

La abogada la está llamando, debe haber leído ya la corrección de su vida en el tribunal. Una rama espinuda araña sus manos, le parece que equivocó el camino y piensa en devolverse, separa una última rama, avanza y aparece el lado poniente del cerro, el mismo que ve desde la ventana de su escritorio, donde intentó escribir su pasado con

Rocha. Zanelli está del lado del barranco, sorprendido ante la ciudad que surgió mientras estuvo preso.

Por el lado del cerro quedan los restos de una cantera, piedras grandes o a medio cortar, otras más pequeñas enterradas bajo los yuyos, montículos de tierra... Se ve que al agotarse la piedra comenzaron a extraer cascote y tierra para usar de relleno en otras obras... En las fotografías de la construcción del nuevo camino aparecía un grupo de obreros con sombrero cargando piedras en un carro que transportaban por un riel hasta los picapedreros. En otra imagen aparecía un lujoso automóvil estacionado del lado del cerro, el chofer permanecía adentro y del lado del precipicio, donde se para Zanelli ahora, los caballeros de la sociedad con sus sombreros de armazón firme y sus abrigos de paño inglés bajo la rodilla observaban los terrenos que algún día iban a aumentar su valor gracias al nuevo camino que construían con su dinero para la Virgen.

—¿Te acuerdas qué año la hicieron?, le pregunta Zanelli, señalando la ciudad empresarial que los caballeros de la sociedad previeron en 1900.

—No sé, no me di cuenta. ¿Tú crees que sacaron de aquí las piedras para hacer el nuevo camino?, le pregunta a su vez.

—No, esta cantera es más reciente, alguna empresa tuvo que haberla usado para abaratar costos de una obra aquí o fuera.

—Pero este es un terreno público.

—La raza es la mala, bromea.

—¿Bajamos?, propone ella.

Zanelli se muestra indeciso. Con la punta del pie rasca el polvo rojizo que debía caer cada vez que dinamitaban una parte de la cantera.

—Los martes a esta hora voy al sindicato de la construcción, contesta a la pregunta que ella le hizo antes de subir.

—¿Tienen un grupo de tejido?

—Qué maldad, sonríe. No, el sindicato le alquila una oficina a la agrupación de ex presos políticos y ellos nos ceden una sala para reunirnos.

—¿Y qué hacen?

—A principios de año nos juntábamos con una mujer que iba a orientarnos sobre cómo reinsertarnos en la vida afuera, pero no resultó. Probamos con las charlas motivacionales pero la gente iba a una o a dos y después no más. Ahora nos juntamos a conversar de cualquier cosa, y si alguien quiere preparar un tema de discusión, bienvenido.

—¿Son muchos?

Zanelli mueve la mano como diciendo más o menos.

—Creo que el mayor atractivo de las reuniones es la señora que tiene en concesión el comedor del sindicato; ella dice que nunca trabajó en el Pedagógico y que no conoce a nadie que haya cocinado ahí, pero los sándwiches de queso caliente le salen iguales. Nada de tajadas calentadas en el microondas. Echa una pieza de queso entera con un poco de aceite a la olla y cuando está bien derretido lo vierte con un cucharón en una marraqueta crujiente.

—¿Solo pueden ir ex presos políticos?

—¿Te damos curiosidad?

La Caldini se pone en marcha.

—Disculpa, no es contigo, le dice él. Desde que llegué al sindicato me sentí incómodo, no sé cómo explicarlo, lejano, no quise comer el queso aceitoso que en la noche me hincha, las voces de los compañeros me llegaban como a través de una pared, pero una palabra atrajo mi atención y me puse a escuchar, estaban contando anécdotas de ellos o de otros presos o de los guardias, historias que ya había escuchado antes en la cárcel.

Zanelli lanza una última mirada a la ciudad que surgió en su ausencia:

—Todos los martes nos juntamos a recordar la cárcel, ¿te das cuenta?

Sin ánimo para subir caminando hasta el tren, bajan a pie.

—Nilda me contó que la joven de 20 fue a El Salto porque le urgía hablar contigo. ¿Te acuerdas de qué hablaron esa vez, hace ya tantos años?

—Casi no hablabas.

Imagina a la joven de pelo rizado por una tenaza caliente con la ancha chomba roja de lana atravesar a pie la población un día de protesta a través de las calles sin locomoción, con la gente encerrada en sus casas para no recibir una bala loca.

—¿Estaba nerviosa?

—Era la primera protesta que pasabas lejos de tus amigos de la U.

—¿Cómo era?

—Nunca vi tanta gente en la calle y tan feliz como en esa época, la ciudad nos pertenecía. Cuando Nilda te trajo a hablar conmigo yo tenía que visitar una barricada en la otra cuadra y me acompañaste. Te pregunté por tus estudios, dijiste que en otro momento hubiesen tenido importancia.

Zanelli era conocido en la población, en el trayecto tuvieron que pararlo muchas veces para saludarlo o comentar lo que ocurría.

—Dijiste que llevabas varios meses pensando en la decisión que ibas a tomar y que te daba mucha pena dejar a tus compañeros de partido, que eran como tu familia, y sin ellos te ibas a quedar sola.

—¿Por qué tenía que dejarlos?

—No podías seguir cerrando los ojos ante la inconsecuencia que había entre el discurso y la práctica de los dirigentes del partido. A nosotros nos habían expulsado del PSP hacía poquito tiempo y entendí por lo que estabas pasando.

¿La joven de 20 habrá sentido el peso de Zanelli sobre ella y no le hizo mella o al peso de la dictadura le añadía muy poco o él todavía no llevaba tanto peso encima?

—Es sorprendente que recuerdes tantos detalles, dice ella.

—En esa época la actividad política era todo.

—¿Sabes por qué desaparecí esa noche?

—No, cuando nos avisaron que los milicos estaban entrando a la población hubo una estampida, yo tenía que ir a organizar a la gente. Te pedí que volvieras a la barricada. Nilda o el Juan iban a llevar a las personas de afuera a las casas de seguridad que teníamos preparadas.

—Pero tú no viste si la joven de 20 llegó a la barricada.

—Nilda me contó que te vio junto a la fogata y que te llamó varias veces, dice que la viste y, como no te acercaste, mandó al Juan a buscarte y no te encontró.

Es la misma versión que Nilda le dio a ella en la cocina de su casa hace unos días.

—Me gustaría ir a la calle por la que caminaron tú y la joven de 20 en El Salto.

—¿Qué quieres hacer por allá?

—Ver.

—¿Ver en qué sentido?

—Claro, le falta un sentido.

Se detienen frente a una antigua casa de ladrillos y madera en la que trabajan los empleados del Parque Municipal. Han ido dejando tras ellos una huella de tierra rojiza que se fijó a sus zapatos en la cantera. Eso le hace pensar que los empleados del cerro tuvieron que ver los camiones que bajaban cargados de la cantera o el rastro de los cascotes y el polvo, pero se les hizo más fácil barrer la tierra que la falta. Zanelli no tiene qué decir sobre la infamia de los funcionarios. A ella se le olvida que sufrió una iniquidad mayor y es como si lo hiriera a propósito horrorizándose con las pequeñas injusticias. Las multitudes que vienen bajando del zoológico se abalanzan sobre los falsos artesanos que llevan años comerciando suvenires fabricados en China y Corea; el favorito es una máscara confeccionada en un plástico delgado como el papel, con los rasgos humanizados de los animales que los visitantes acaban de ver reducidos a una celda. Quizás para ahorrar material, el diámetro de la máscara fue hecho más pequeño que el de una cara humana y así el contorno de cada rostro completa la representación del animal.

En silencio llegan a la casa de los migrantes. Entre el patio principal y el del guindo alguien colgó una cortina. Cuando aparecen del otro lado se encuentran con Nilda, que viene saliendo de un cuarto, pegado a la medianera, que en su primera visita la Caldini tomó por una bodega. Se ve que no esperaba verla a ella ahí.

—Nos encontramos en el barrio, miente Zanelli.
—Teníamos una cita, le recuerda Nilda de mal humor.
—No te vayas, le ordena él, entrando con Nilda a la caja.

Bajo el guindo han dejado una silla tijera de lona, unas chancletas, un termo, un plato con cáscaras de mandarina y una chupalla. Las baldosas están manchadas con el jugo de las guindas que en verano dejan caer los pájaros. Nilda tuvo que haber entrevisto sus siluetas y aun así no alcanzó a disimular la ira que le causó la presencia de ella en la casa.

El cuarto junto a la medianera no es ciego como parece desde afuera. Una ventana apaisada encuadra el trozo del cielo que los vecinos ven desde su jardín. Construida para que circule el aire, a último minuto le pusieron barrotes. En el interior persiste el olor de los usos que le han dado al cuarto; grasa, humo, paja, gasolina, soldadura, amoníaco y, hasta hace poco, palo santo. Aquí está la computadora que falta en la casa. También hay una ficha y una regla para no equivocarse al tipear. Supone que Zanelli escribe las fichas a mano y Nilda las digita. La libre importación empezó cuando la Caldini estaba en el colegio, antes de eso en los comercios no había más que lo indispensable; aquellos objetos sin una función clara se metieron en sus casas con la ilusión de que era el mundo el que entraba en ellas. Coge la ficha en la que Nilda está trabajando y en vez de encontrarse con la descripción de un reloj a cuarzo, lee el nombre de un político que conoció militando en el PSP, que hasta hace poco tuvo un cargo en el gobierno y ahora participa en el directorio de una empresa: aparece su fecha de nacimiento, su historial partidario, sus cargos en los gobiernos democráticos, en las empresas públicas y en las privadas, sus salarios, sus sobresueldos, la casa en la playa, la parcela en el campo, viajes, automóviles de lujo, cuentas en el exterior... Busca el archivo en el que Nilda guarda las fichas, se llama Registro Nacional de la Entrega.

—¿Qué haces aquí?

La Caldini se sobresalta.

—Esto es privado, le grita Nilda.

—Quise sentarme un momento.

Ambos miran la silla de lona en el patio. Zanelli toma a Nilda del brazo y le dice:

—Yo arreglo esto, vamos, te voy a dejar a la puerta.

Antes de cruzar la cortina, Nilda se da vuelta:

—Disculpa si te grité, soy muy celosa con mis cosas.

La Caldini le indica que no tiene importancia.

—Tenemos que juntarnos un día de estos, las dos solas, agrega.

Cuando Zanelli vuelve al patio y no la encuentra va directo al cuarto. En la computadora hay una nueva ficha con el nombre de la Caldini, su fecha de nacimiento y su historial partidario.

—Siéntate y escribe, le pide la Caldini a Zanelli.

Zanelli ocupa la silla, no la computadora.

—Cuando terminó la dictadura no encontré trabajo, de un día para otro mis reportajes se volvieron excesivamente serios, excesivamente críticos y hasta resentidos; según mis jefes, yo no entendía que la gente leía para entretenerse.... Ya no me quedaba dinero cuando me presentaron a un publicista que volvió del exilio y pertenecía a una familia de izquierda tradicional ligada a Allende, un buen tipo aunque le faltaba confianza en sí mismo. No escribes. Voy al grano. Le descubrieron leucemia. Los tratamientos no resultaron y le ofrecieron un nuevo medicamento fabricado en Estados Unidos. Mucha explicación, por eso no escribes.

—Voy a escuchar primero.

—Como no podía trabajar, consiguió un cargo en el Servicio Nacional de Menores. El sueldo tampoco le alcanzaba y me ofreció un contrato a honorarios como su asesora.

Le hubiese gustado decir que lo hizo por compasión.

—Acepté a condición de que me diera un trabajo real que hacer. Por mi cuenta redacté informes que le enviaba, pero nunca me contestó. Todos los primeros de mes pasaba a buscarme con su esposa para llevarme al banco; estacionaban en una calle interior y en el auto me daban mi parte. ¿No vas a anotar?

—¿Hay más?

—Al cumplirse el año quiso extender nuestro acuerdo otros seis meses. Me negué. Dijo que si no compraba los remedios, se moría.

—No se murió.

—El año pasado.

—Pudo haberse tratado por el sistema público.

—No les va a alcanzar la producción de fichas para registrar todo lo que entregamos.

—Esto no tendría que decírtelo...

Pero lo hace.

—... Nilda empezó a armar el registro después de que absolvieron a Chandía del juicio por los excesos que cometió en lo que llamaron la pacificación del país y como premio lo nombraron embajador en Inglaterra y luego subsecretario de Hacienda, donde le dio a su esposa contratos millonarios para construir escuelas en sectores rurales que nunca se hicieron. Nilda está convencida de que cuando haga público el registro, el sistema se va a desmoronar.

—Tú no lo crees.

—Ven conmigo, la invita Zanelli, tomando sus manos frías, ven conmigo, la lleva a través del patio, ven conmigo, la guía por entre las cajas, los bambúes, los Alpes, ven conmigo, sortean la mesa y la única silla, ven conmigo, abre el cubrecama de toalla. ¿Puedo quedarme dentro?, le pregunta.

—Lo siento, no hay espacio en mí para que te quedes.

Camino al departamento se detiene ante el ventanal del bar. Le parece reconocer el Montgomery azul forrado con una tela a cuadros que alguien dejó en el sillín de la barra junto a un vaso, por supuesto de whisky, y una cartera que continúa vigilando el mundo en ausencia de su propietaria: la abogada. El mundo ahí adentro está compuesto por el cajero, un nuevo barman, al que le ordenaron imitar el bigote largo y atusado a lo Dalí del barman de siempre, y un garzón que toma ceremoniosamente los conchos de las botellas y las copas usadas.

Al salir del baño la abogada se detiene a observar a dos hombres que dejaron sus abrigos azules largos doblados en una silla junto con dos maletines de cuero negro. El mayor se parece a Izraelewicz, el director del instituto. El menor lee en voz alta una página y anota servilmente las críticas que el símil de Izraelewicz le formula.

—Tú aquí, grita la abogada al verla a través de la ventana.

—Encontró a una amiga, le dice el barman.

—Para usted todos son amigos, hasta el jefe que lo explota es su amigo.

—¿No la va a invitar? Llámela, le hará compañía.

—¿Me harás compañía?, le pregunta la abogada a través de la ventana abierta.

Durante el diálogo, el símil de Izraelewicz y su amigo no levantan la vista, como si temieran revelar su presencia.

—¿Está contento ahora?, le pregunta la abogada al barman cuando la Caldini se sienta junto a ella.

—¿Le sirvo un whisky de 20 años o uno sin años como su amiga?

—Una cerveza.

—Ella es más joven y se cuida, no como usted, provoca el barman a la abogada.

—Ay, tanto cuidarse si una se va a morir igual, ¿no le parece?

El bar La República tenía la tradición de imprimir el apellido de sus clientes habituales en un vaso que solo ellos ocupaban. Unos pocos vasos sueltos indican que algunos murieron o que no les alcanzó la salud o la jubilación para seguir viniendo. Después de eso el bar cambió de manos y le agregaron el epíteto de Nueva. El garzón con bigotes a lo Dalí que atendía solo a quien se le daba la gana se fue y aparecieron los vasos wiskeros cuadrados. La gran cantidad de apellidos impresos en ellos hace pensar que en La Nueva República cualquiera puede pedir el suyo. En el Registro Nacional de la Entrega la Caldini vio varios de los nombres que ostentan aquí un vaso propio.

—Siempre que vengo los vasos están en el mismo lugar. El centro dejó de estar a la moda para los poderosos.

La abogada señala los dos vasos impresos que el barman lleva a la barra para llenarlos.

—A los que vienen ahora solo les alcanza para el resumen del poder que ofrece el Rincón del Vago.

El chorro de whisky pasa por entre las letras de Sandoval y García.

—Tú, la indica la abogada con el dedito pulgar naranja, al parecer su color preferido: No me llamaste para saber cómo nos fue con tu declaración en el tribunal.

—No me atreví, se sincera la Caldini.

—No entiendo por qué te preocupas si tienes un lujo de abogada. Y le grita al barman: Oye tú, mi vaso está triste.

Tras medir el whisky con un vasito de aluminio, en algunos bares agregan una segunda medida o un chorro a discreción. La abogada desafía al barman a sostener su mirada sin pestañear.

—Es brava, le comenta a la Caldini.

—No me quite los ojos de encima.

Pero el barman sabe a ojos cerrados cuándo enderezar la botella.

—Su amiga se ve triste, le dice antes de dejarlas.

—Es que le prometió al marido cortarse un brazo por él y ahora él se lo está pidiendo. ¿Vio que la vida es injusta?

—Muy, responde la Caldini recordando su cita con Izraelewicz esta mañana.

Si hubiese renunciado en diciembre pasado, cuando se enteró de lo que ocurría con la secretaria… Le habían descubierto un aneurisma que podía explotar en cualquier momento. Si la operaban con láser la rehabilitación iba a ser inmediata, mientras que una cirugía tradicional tardaba un año y quedaban secuelas.

—La mujer sufría en carne propia las pequeñas mezquindades diarias que hacían gozar a Izraelewicz pero lo aceptaba porque él le dio una mano cuando llegó la democracia y ella se quedó sin trabajo.

La Caldini la convenció de que aun así tenía derecho a pedir un préstamo descontable del pingüe salario que le pagaban por hacer de secretaria, recepcionista y administrativa. Izraelewicz la mandó a hablar con el contador. La secretaria llamó al cirujano y echó a andar lo del láser.

—Volvió a comienzos de este año con un ojo cerrado, la cara torcida y del chape. El cheque firmado por Izraelewicz no alcanzaba ni para el anestesista del equipo láser.

—Es el horror. La abogada disfruta de la tragedia como de las operaciones del cirujano plástico en la televisión.

—Los profesores del instituto reciben las carpetas que les entrega con el ojo cerrado, la cara torcida y problemas para hablar, y se van a hacer clases.

De espalda a ellas el barman traspasa un whisky barato a una botella vacía de etiqueta roja.

—Después de eso quise renunciar pero no tuve ánimos para buscar otro trabajo; a comienzos de año decidí pedir un aumento; si no me lo daban, me iba.

Izraelewicz le mandó a decir con la secretaria que debía hablarlo con el contador. El contador le explicó que como no tenía un contrato no le correspondía el alza legal. La Caldini le recordó que los profesores trabajaban sin contrato porque, según ellos, un instituto alternativo no gana lo suficiente para cumplir con lo legal. Como ella insistió, el contador la llevó a hablar con el administrador. La Caldini le preguntó si continuaba considerándose de izquierda. Le aumentaron veinte mil pesos.

—Muéstrame la carta de despido para ver si es legal.

—No hay contrato, no hay carta.

—No hay bondad, se ríe la abogada.

—Fue la ayudante de Redacción I, asegura la Caldini. Después de que publicó su primera novela, le hizo la cama a la profesora de Redacción I y ahora quiso ir por el curso II.

Antes de entrar a la reunión se la encontró donde la secretaria y la joven bajó los ojos. Cuando salió de la oficina de Izraelewicz, ella amenazando con una demanda judicial y él desafiándola a encontrar pruebas de que trabajó allí, los profesores estaban en recreo.

—Dieron vuelta la cara para no tener que saludarme.

—El huevón de tu director no soportó meterse la mano al bolsillo para pagarte todos los meses veinte mil pesos más, te aseguro que no lo dejaba dormir.

—Y hace unos días el gobierno lo nombró para integrar la comisión que estudiará la reforma de la educación.

—Todo es monstruoso, reprime un bostezo: ¡Y quién es ese director!

Se larga a reír.

—Te voy a decir algo de Izraelewicz.

—¿Lo conoces?, pregunta la Caldini con curiosidad.

—De cuando dirigía una ONG de educación popular. Tu secretaria andaba loca detrás de él y él trapeaba el piso con ella, que no se veía muy angustiada que digamos. ¿Sabes cómo hizo para tener el instituto?

—No.

—Cuando lo conocí la ONG en la que trabajaba estaba por quedar sin financiamiento internacional. Según me dijo, tenía un contacto con una agencia austríaca para crear un centro de formación técnica destinado a jóvenes pobladores que no tenían acceso a la educación. Me ofreció una miseria por escribirle el proyecto, acepté a condición de que me diera un porcentaje si ganaba. Fue poco antes de la caída de Pinochet. Por otra persona me enteré de que el proyecto ganó y lo llamé para cobrar mi porcentaje. Me dijo que nunca se comprometió y que yo no tenía su firma para probarlo. Tuvo tan buena cueva que los fondos internacionales llegaron cuando el país ya estaba en democracia y el centro de formación técnica para jóvenes pobladores se transformó en el instituto privado del que te echaron.

La Caldini escucha los cubos de hielo caer al fondo del vaso.

—No ando con la tarjeta, ¿me prestas para otro whisky?

—Tengo para mi cerveza y un poco más, dice tras mirar su billetera.

—Su amiga no pierde el tiempo, escucha decir al barman.

No notó cuándo la abogada dejó la barra y se sentó con el símil de Izraelewicz y su amigo. Encima del mantel blanco está la botella etiqueta roja que el barman adulteró.

—Trae un vaso para ti y otro para mí, le grita desde la mesa.

El barman le da a escoger. La Caldini pide a la ministra de Educación que recibió el agua del jarro que le tiró una liceana llamada Música. Para la abogada escoge Delpiano. Cuando llega a la mesa está disertando sobre la catástrofe. Sandoval y García fingen que la entienden, lo que es imposible por cuanto en su borrachera la abogada mezcla a Nancy, Derrida, Lacan, Foucault... Ellos deben pensar que están ante Jiménez y Delpiano y la posibilidad de establecer un contacto que podrá favorecerles en el futuro los reanima. Creyendo que los tiene embrujados, la abogada pide a cuenta de ellos una botella de champán y un crudo. La aparición de la carne desata su voracidad. Como si necesitara quitársela del frente, mastica: deglute el crudo, la mostaza, el pan, el aceite de oliva, lo único que queda es un perejil entre sus dientes.

—Mozo, traiga más, esta noche lo quiero todo.

El símil de Izraelewicz calcula si falta mucho para conseguir las tarjetas de presentación de las mujeres y reparte las suyas. La abogada disfruta de la expresión que ponen los hombres al dejar los cuadraditos de cartón por el revés. Continúa como en un loop con la combinación de teóricos posmodernos, convencida de que García y Sandoval están obnubilados con sus conocimientos. Si uno de ellos consigue intervenir para salvar algo del mundo, la abogada apela a una cita para devolverlo a la ruina. García tiene la mala idea de atribuirle un exceso de pesimismo y la abogada pasa de la ruina al horror. Sandoval y García pierden hasta el deseo de beber. A la Caldini le cuesta pensar que Izraelewicz y Sandoval sean tan parecidos físicamente, recuerda cómo al entrar al bar su ex jefe no levantó la cabeza y concluye que son la misma persona. En un intervalo que la otra toma para respirar, le cuenta su descubrimiento. La abogada no lo piensa dos veces:

—Todavía estoy esperando que tu secretaria conteste mis llamados.

Sandoval se endereza.

—Me parece que estás confundida, se defiende.

—El único error que cometí fue creer en tu palabra, en la tuya y en la de los que son como tú; llegan hasta una diciendo que no tienen plata, apelan al ideario común y a la hora de pagar desaparecen todos los ideales. ¿Sabes cuántos como tú me quedaron debiendo y luego contrataron a abogados de renombre por tres veces mi sueldo?

—No es así, se asusta.

—¿Me tomas por tonta?

La piel del cuello de Izraelewicz enrojece como las gallinas.

—Yo jamás he puesto en duda su inteligencia. Llevamos más de una hora escuchándola sin entender nada de lo que dice y…

La abogada les tira una larga parrafada sobre la multiplicidad de las relaciones de fuerza inmanentes y propias del dominio que ejercen… Como no recuerda quiénes la ejercen, continúa con otro autor: Por medio de luchas y enfrentamientos incesantes que las transforma, las refuerza y las invierte; de los apoyos que dichas relaciones de fuerza encuentran las unas en las otras, los corrimientos, las contradicciones…

La figura de Izraelewicz comienza a disolverse ante sus ojos. En su lugar vuelve a aparecer Sandoval. Pero tampoco es Sandoval. A los verdaderos Sandoval y García los vio hace unos días en la televisión defendiendo la represión policial a los mapuches. ¿Quiénes son estos? Le hace señas a la abogada pero ya se encuentra en Lacan y la diferencia no le permite parar. Se fija en los maletines, ¡son de plástico! La abogada confundió a dos pelafustanes con un par de billeteras llenas. Abre la carpeta en la que García guardó el documento que le leía a Sandoval y se encuentra con una columna con nombres de médicos que trabajan en clínicas privadas, otra con los registros de los medicamentos que recetaron a sus pacientes y, por último, los regalos que les entregó a cambio el laboratorio. García va, según dice, al baño. La Caldini lo ve acercarse al barman y pasarle un billete. Este se acerca por detrás y se lleva los abrigos. La Caldini siente que le rozan la pierna, en el bolsillo de su pantalón asoma un billete.

—Para el taxi, masculla Sandoval levantándose para ir también al baño.

Cuando quedan solas la abogada comienza a planificar una estrategia para hacerlos gastar hasta el último billete de manera que tengan que irse caminando a sus casas. La Caldini intenta convencerla de que no van a volver. La cuenta que el barman les lleva a la mesa la vuelve bruscamente a la realidad: Sandoval y García solo pagaron los tragos que consumieron de la botella. La abogada negocia con el barman un crédito hasta mañana. El dinero del taxi se lo dejan de propina.

En la calle la Caldini debe sostenerla para que no se desvíe, insiste en beber a costa de los hombres, en tomar un taxi y masturbar al taxista a cambio del viaje. Menos mal que ya los bares están cerrados. En el ex altar de la patria se le ocurre mear para que le vean el poto desde La Moneda y más tarde en el ascensor se abre la blusa para mostrarle sus heridas de guerra; la cesárea, el cordón de la vesícula, el lunar canceroso, un choque, la marca de una bomba lacrimógena y de la traición de los partidos de izquierda en general y de los clientes de izquierda como Izraelewicz en particular.

Al llegar a la oficina se monta sobre los patines de lana y se desliza como por un rápido, dejando el piso brillante, hasta una puerta que abre paso al departamento que compró con el dinero de los honorarios que comenzó a pedir después de que descubrió que sus clientes de izquierda, a quienes defendía casi gratis, llevaban una vida de lujos mientras ella dormía en un colchón que de día guardaba en el armario.

—¿Sabes lo que no soportan? Que a pesar de todo lo que hicieron para aniquilarnos continuemos siendo críticos.

Lo que la abogada omitió decirle fue que entre los clientes de izquierda que no tenían dinero para pagar sus servicios hubo artistas que, apremiados por sus constantes mensajes, aceptaron pagarle con una obra. Al constatar que le entregaban «el raspado de la olla», la abogada les exigió sus primeras obras.

—Impresionante mi colección, ¿ah?

—Un lujo, se burla la Caldini.

—Voy a empolvarme la nariz, sonríe de los labios hacia afuera.

En el centro de la pieza está la fotografía de la sala en la Comisión de Derechos Humanos donde el 12 de octubre de 1989 las Yeguas del Apocalipsis bailaron cueca a pie pelado sobre una cartulina blanca con el mapa de América Latina cubierto por trozos de vidrios y botellas rotas de Coca-Cola. Bajo los tubos fluorescentes que cuelgan del piso de la sala, unas quince personas apretujadas y sin abrigo siguen el rastro de la sangre.

La abogada vuelve del baño con los labios repintados y una botella de ron. La Caldini pone la mano abierta encima del vaso para impedir que le sirva y ella le chorrea la mano.

—Disculpa, tengo malo el pulso, ríe.

La Caldini va en busca de un pañito. La cocina sigue la lógica del refugio en el que cualquier cosa puede ser útil para sobrevivir al desastre. Hay platos y servicios de dos líneas aéreas, copas de viñas que patrocinan eventos, rollos industriales de papel higiénico, servilleteros, ceniceros, servilletas de género robadas… Cuando vuelve, la encuentra sentada en el mismo lugar. Al ubicarse al frente, descubre que la abogada se ha dormido. Para salir del edificio necesita la llave de la puerta principal. El teléfono móvil comienza a sonar. Si contesta, tendrá que explicarle a la hija que su madre duerme. O despertarla. La Caldini también se durmió alguna vez en un bar o en una fiesta, nunca ante un extraño en su casa. Lo increíble es que la abogada duerme sin cambiar la postura, con la cabeza erguida y la boca abierta como si todavía estuviese describiendo el horror. Podría recorrer los cuartos, abrir su armario, entrar a la oficina y revisar lo que escribió en los márgenes de la versión desfigurada de su vida que leyó ante la-jueza-que-favorece-a-los-hombres, o buscar fotografías de la abogada cuando era una joven estudiante con una chomba de lana ancha y el pelo lacio ondulado por una tenaza, pero la atrae más quedarse frente al sueño de la otra.

En la biblioteca, detrás de la abogada, están los libros de los estructuralistas franceses, tan pegados unos a otros que no pasa un aire entre ellos. Las primeras obras que cobró por su trabajo están colgadas más abajo de la línea de los ojos y representan un muestrario visceral del horror. La fotografía en blanco y negro de la familia del dirigente comunista degollado por la dictadura: como en una ópera, están el padre apoyado en el bastón, con los ojos cerrados, y la madre con el rostro vuelto hacia él vigilando que no se derrumbe, mientras la hija lo sujeta con un brazo y en sus bocas abiertas se congela el horror. O el lienzo con la advertencia de que allí se tortura, el chorro de agua con que el guanaco barre a los manifestantes que protestan en los escalones de la Biblioteca Nacional, la travesti vistiéndose afuera del cité para la fotógrafa que fue a retratar el margen, las cruces en el pavimento, la fotocopia de las fichas policiales de los pobres encarcelados por la justicia, el agujero de bala, la cordillera de los Andes en la caja de fósforos, la bandera de Chile dibujada con huesos de animales, el cansancio de la abogada que cerró los ojos por un instante a la epopeya.

En un asiento, al costado del Museo de Arte Contemporáneo, la Caldini encuentra a la mendiga de abrigo celeste que se arranca los pelos de la cabeza de a uno. Un poco más allá, en la hondonada que todos los inviernos se inunda, un hombre que nunca antes vio alquila bicicletas. Un niño corre hacia él mientras la madre admira los árboles con sus nombres pintados a mano en pequeños letreros, los senderos de maicillo y el puentecito de falsa madera como si disfrutara de un ansiado reencuentro. El niño se dispone a coger el manubrio de la única bicicleta que queda apoyada contra un árbol cuando una vecina en bata de entrecasa lo ataja:

—Esa bicicleta es mía.

—Es verdad, aclara el encargado. La vecina está esperando a que llegue otra bicicleta para que sus dos hijos puedan andar juntos.

El niño va en busca de su madre y la obliga a apurar el paso. Ella le pregunta al encargado cuántas bicicletas más van a llegar.

—Dos, una es para la vecina.

La madre le dice al hijo en francés que pueden ir a tomar un helado a la esquina y volver, pero el chico teme no encontrar la bici cuando vuelvan. Para tranquilizarlo, la madre le pide al encargado que se la reserve.

—Lo siento, pero es por orden de llegada.

La mendiga en el asiento se asemeja a esas figuras de porcelana trizadas que ilustran a personajes populares en los aparadores de las casas de provincia y las que el dueño de casa o un tío han reparado con la Gotita. Aunque se arranque solo diez cabellos al día, desde que la Caldini la vio por primera vez en el asiento junto al museo, la mendiga ya debiera estar calva, pero únicamente muestra pelones.

—Ya sé lo que vamos a hacer, propone la madre al encargado, le voy a dejar pagada la media hora de bicicleta mientras vamos a la heladería.

—¿Y si mientras usted se va llega una persona y espera la media hora? No podría entregarle la bicicleta a usted cuando vuelva, razona el encargado.

—*Ce qu'il a dit?*, pregunta el hijo.

La madre no sabe cómo explicarle.

—Entonces le propongo que, como falta media hora, nos arriende esta bicicleta durante media hora.

—Usted parece que no entiende, dice la vecina y agarra el manubrio.

—Lo siento pero va a tener que esperar su turno como cualquiera, dictamina el encargado.

El hijo atemorizado tira del vestido de su madre para que se vayan. La madre da unos pasos y se detiene indecisa. La Caldini tiene la impresión de que algo en la escena le resulta familiar. Está segura de no conocer a la madre o a la vecina, tal vez al encargado.

—Disculpa, pero hace años que no vivo en Chile y me parece que no me estoy dando a entender, quiero alquilar una bicicleta por media hora, le explica la madre al notar que ella también observa la escena.

—Yo también tenía una bicicleta, parecida a esa, pero me la robaron hace poco, le responde la Caldini.

—Lo siento, tuvo que haber sido una pérdida.

—La dejaba al pie de la escalera con un candado que me costó una fortuna, iba a todas partes en la bici, a sacar libros a la biblioteca, a comprar a La Vega, era más liviano que ir caminando o en micro.

La madre no sabe qué decirle.

—A la salida de mi edificio hay un quiosco de diarios y otro de verduras por los que todo el día circulan vecinos que me veían salir y entrar en la bicicleta, pero ninguno vio al ladrón. Increíble, ¿no?

—Yo tenía un recuerdo tan lindo de este barrio.

—¿Vio?, le pregunta la vecina al encargado. La gente que viene de afuera cree que puede hacer cualquier cosa porque es de afuera.

—¿Usted se refiere a mí?, le pregunta la madre a la vecina.

—Mami, vamos, no quiero la bicicleta, grita el hijo amenazando con partir solo.

La madre duda si ir tras él o responder la grosería. En los segundos que se toma, el niño corre hasta casi alcanzar la calle. La madre le grita que no puede cruzar solo; al comprobar que no le hace caso, empieza a correr. El encargado y la vecina comentan que es una mala madre y que, por culpa de eso, al niño lo van a atropellar, sino en ese momento, en otro, pero de todas formas lo atropellarán y si no muere, dicen, se transformará en un drogadicto porque la madre no sabe educarlo. Cuando ambos advierten lo que ocurre a sus espaldas, la Caldini ha dejado atrás el parque y escapa pedaleando hacia la Alameda. No puede creer que recuperó su bicicleta. Para ir más rápido toma solo calles en bajada, los semáforos a su paso cambian inmediatamente a verde como si estuviesen de acuerdo con su acción. El encargado quedó muy atrás. Durante la huida no se fijó en la bicicleta. Es roja como la suya o eso cree: que la suya era roja con los guardafangos negros ¿o cromados? ¿Y los cambios? No está segura de que sonaran de esa forma; le parece más pesada, seguramente en este tiempo sin andar se desacostumbró y le parece extraña. La calcomanía del Colo Colo pegada en el travesaño resuelve la incertidumbre: la ha robado. La luz del semáforo cambia a verde. Sube la bicicleta a la vereda para evitar que los autos la atropellen. Por el carril opuesto se acerca un Fiat 147 con el tapabarros metálico sujeto por un cordel y la señal de viraje encendida. Zanelli va de copiloto, el Negro conduce y Nilda va atrás. La Caldini agita los brazos para llamar su atención. Está segura de que la vieron pero el Fiat 147 dobla. La Caldini corre detrás y los obliga a parar.

—Tengo un problema, le cuenta casi sin aliento a Zanelli.

Ninguno de los tres comenta su presencia o la de la bicicleta, que suben al portaequipajes.

—Te dejamos en tu casa, le ofrecen.

—¿Ustedes hacia qué lado van?

—Bajamos por la Alameda, contesta Zanelli sin precisar.

—Me sirve.

—Pero, ¿dónde te vas a bajar?, insiste Nilda.

—Yo les aviso.

El Negro maneja a 50 kilómetros por hora; si llega a acelerar, las latas del Fiat protestan. Parecen dos parejas de provincia conociendo la capital a través de las sucias ventanas de un auto.

—¿Supiste la noticia?, le pregunta Nilda.

La única noticia de la que se enteró por un correo de la abogada es que la jueza volvió a favorecer a un hombre, pero no cree que Nilda se refiera a eso.

—Un senador del PSP murió anoche de un ataque al corazón y el comité central va a designar a Chandía como su reemplazante. Con toda la información que se llevó para la casa, ¿quién se lo va a impedir? Si es que no lo mandó a matar él mismo para llegar al Senado. Tenemos que desenmascararlo ya mismo.

—Ahora no es el momento, aclara Zanelli.

—¿Nos vamos a quedar de brazos cruzados?

—Aún no están dadas las condiciones, la experiencia, la sabiduría ni la fuerza para gestar una alternativa popular.

—Aun así necesitamos demostrar que existe una fuerza política que está por otro camino, opina el Negro.

—Ahora no tenemos capacidad para dirigir nada.

Se aproximan al final de la Alameda, más adelante está la entrada al aeropuerto y luego empieza la carretera a Valparaíso. El Negro toma la rotonda y vuelve a la Alameda, esta vez por la calzada que sube. Quizás cuántas vueltas llevan discutiendo sobre Chandía. Si la policía vigila a Zanelli, qué más seguro que reunirse en un Fiat 147 en marcha. El Negro mueve el dial, encuentra chismes del espectáculo, música en inglés, fútbol. Pasan nuevamente por el terreno eriazo donde todos los años en primavera se asientan los circos, y luego por el hipermercado, la Municipalidad de Maipú, el terminal de buses, el templo evangélico, el mercado persa. Nilda saca del bolso un manojo de papeles con el logo del Ministerio de Cultura.

—Una amiga que trabaja en el gobierno me pasó esto. Me parece que el inventario que está haciendo Zanelli puede caber en una de las categorías de becas que hay. ¿Tú qué opinas?, le pregunta a la Caldini.

—Te dije que yo lo iba a hablar con ella, advierte Zanelli molesto.

—Son muchos papeles y hay que saber llenarlos. ¿Puedes ayudarnos?, le pide a la Caldini.

«¿Me puedes ayudar?», le preguntó Rocha la primera vez que trajo a casa el formulario de postulación para los fondos concursables. Una ojeada le hace ver que los requisitos son los mismos que entonces.

—¿Ya tienen el nombre del proyecto?, les pregunta.

—Estoy pensando en «Inventario sobre las importaciones de bienes de consumo que llegaron a Chile con la apertura al libre mercado», explica Zanelli.

—Para mí es demasiado largo, opina el Negro.

—Un inventario puede ser muy poco, tendríamos que pensar en agregarle una actividad para la gente, ¿qué te parece a ti?, le consulta Nilda.

—Museo del libre mercado, se le ocurre.

—Está perfecto, aprueba el Negro.

—¡Es una síntesis de lo que quieres hacer!, exclama Nilda. Yo voy a tomar nota y después lo traspaso al formulario en internet, agrega sacando la libretita negra.

Cuando Rocha se fue a vivir con la Caldini, acordaron que no iban a trabajar juntos; mientras él le contaba sus propuestas y ella se limitaba a opinar, no lo consideraron trabajo, pero cuando le pasó sus ideas escritas para que, en vez de criticarlas por ininteligibles, las tradujera a un lenguaje accesible a los evaluadores contratados por el Ministerio de Cultura para seleccionar los proyectos ganadores, el límite dejó de ser claro.

—¿Persona natural responsable del proyecto?, les pregunta.

Nilda interroga a Zanelli con los ojos y dice:

—Lo vamos a saltar por ahora.

—¿Descripción del proyecto?

—A comienzos de la dictadura se enfrentan dos proyectos económicos, uno nacionalista y otro de libre mercado..., comienza a explicar Zanelli.

—Dan solo ocho líneas para este ítem, lo interrumpe Nilda cuando van llegando a La Moneda.

El Negro es el único que se toma a la risa cómo la Caldini transforma las explicaciones sociológicas de Zanelli en una forma de acercar a los chilenos al imaginario inexplorado de la dictadura. Es el más rápido y el único dispuesto a divertirse traduciendo los principios a las simulaciones del formulario. Zanelli permanece distante pero, cuando llegan al ítem del aporte a la comunidad y en vez de crear conciencia del impacto político de la libre importación la Caldini propone recuperar la memoria íntima, no da más. Nilda le hace ver que para ganar el fondo tienen que entrar en el juego. «Eso es jugar sucio», le dijo la Caldini a Rocha cuando este consiguió los nombres de los evaluadores. «Tú dices que hay que escribir el proyecto pensando en sus evaluadores; estos son, a ellos hay que escribirles», se defendió Rocha. Fue el último proyecto que escribió para él, y lo ganó.

—Pon lo que creas conveniente, tú sabes cómo se hace, opina el Negro.

El Fiat se aproxima a la Plaza Italia. Tendrán que decidir si vuelven a bajar o siguen subiendo hacia la cordillera. La letra minúscula y apretada con la que Nilda anota en la pequeña libreta hace aflorar en la Caldini el recuerdo de las reuniones de la célula del PSP en la escuela de periodismo. Diez minutos antes de terminar la reunión, la secretaria advertía que faltaban las conclusiones, pero rara vez surgía algo concreto o posible. Para la siguiente reunión, ninguno había cumplido su tarea y el responsable les hablaba con palabras emotivas del compromiso que significaba cambiar el mundo. Tuvieron que haberse escrito miles de tareas que nunca se cumplieron. La Caldini misma debió tomar nota y, como Nilda ahora en el Fiat 147, consignar los puntos de vista, los conceptos, las tareas...

—Vamos a dejarlo hasta aquí, propone Zanelli.

—Necesitamos una persona que figure como responsable, le recuerda Nilda.

Rocha escribía como Nilda, con una letra pequeña y difícil de entender; por eso acordaron que ella rellenaría con su letra los formularios. Él solo ponía su firma al final de la última página. Lo hicieron así hasta que en el 2005 comenzaron las postulaciones por internet. Se le acaba de ocurrir una forma de ganar el juicio.

—Me tengo que bajar, exclama.

Al llegar al departamento, advierte que dejó la bicicleta robada en el Fiat 147.

La mesita donde antes desfallecían dos plantas de interior está ocupada por una señora jubilada que la abogada contrató como secretaria de medio tiempo. La Caldini no ha vuelto a ver a la abogada desde que bajó las escaleras del edificio para esperar a que el portero abriera la puerta de calle y tuvo el percance de vomitar en el gomero. Durante toda la semana pensó en llamarla para contarle cómo salió del departamento mientras ella dormía pero tuvo miedo de que el portero la hubiese visto vomitar. Sabiendo que debía llamar, no lo hizo. Cuando comenzó a recibir los correos apremiantes de la señora jubilada, tuvo miedo de haber cometido alguna ofensa, pero la abogada la recibe con los labios naranjos y de buen humor.

—No todo está perdido. Ayer por la noche llamó el abogado de Rocha. Tú sabes que no contesto fuera de mi horario de trabajo porque sino no tendría vida, pero mi intuición me dijo que era importante. Quieren llegar a un acuerdo. ¿Qué tal? Un lujo de abogada.

Toma un bloc de apuntes y busca una hoja en blanco.

—Voy a ser clara.

Traza una flecha y la corona con una cifra que encierra en un círculo, como si pudiese escapar.

—No digas nada, en pedir no hay engaño. Lo importante es que habiendo ganado la demanda están dispuestos a negociar.

—No entiendo por qué si ganaron el juicio.

La lapicera de la abogada lleva el lema de una compañía de seguros, «La mejor protección para Ud.».

—Te voy a contar lo que me dijo su abogado. La editorial trasnacional que lo publica ganó una demanda judicial por violación de contrato. Rocha no entregó cuatro de los cinco libros a los que se comprometió.

—¿Y él pretende pagarles con mi dinero?

—O pagarle a un sociólogo jovencito para que se los escriba, ¿quién sabe? El dinero que te pide no representa gran cosa al lado de este otro camino.

Desde la base de la flecha que conduce a la cifra y al círculo, la abogada traza otra tan larga como la primera que termina en una palabra. Unas pequeñas gotas de tinta saltan, como si a la cárcel la circundara un prado.

—Yo también tengo algo que proponerte.

La Caldini da vuelta el bloc y en la misma hoja dibuja una tercera flecha larga y filosa.

—Ya no estamos para más declaraciones, le advierte la abogada.

—Estoy hablando de más de diez proyectos escritos con mi letra, recepcionados por el Ministerio de Cultura, por los que Rocha no me pagó un peso. Su deuda conmigo podría ser mayor que la que él me adjudica.

La abogada no parece emocionada ante la posibilidad de anotarse un fallo favorable.

—¿Tienes los formularios con tu letra?, le pregunta.

—Averigüé que la ley obliga a los ministerios a no botar ningún papel.

—Cuando los consigas, hablamos. Ah, y antes de irte, pasa con mi secretaria, me parece que tienes algo pendiente.

Si van a apelar no corresponde que pague la última cuota de sus honorarios. La abogada lo sabe. En el diminuto vestíbulo no se encuentra con la jubilada, que debió salir a comprar el almuerzo. La Caldini baja por las escaleras sin peso en la conciencia.

Zanelli la espera en un asiento del paseo Bulnes con el carrito en el que traslada los mapas. Se ven casi a diario para completar la postulación del *Museo del libre mercado*. En todos los encuentros él intenta hacer valer sus ideas y ella lo conveniente. Por las noches la asalta la angustiosa sensación de que lleva años haciendo lo mismo y que por esa fisura entre la conveniencia y la creencia se disolvió la joven de 20 que acudió aquella noche a El Salto.

Para llegar a los tribunales deben cruzar un conjunto de edificios encabezados por La Moneda, los ministerios de Hacienda y Economía, la antigua sede del Congreso, la Contraloría, el alto mando del Ejército. Antes de que los caballeros y las señoras se juntaran con el arzobispo de Santiago para traer a la Virgen desde París hasta la punta del cerro donde fijaron con cemento el sentido de la vida, se juntaron sus ancestros —en este caso no hubo señoras— con un arquitecto para definir cómo debía aparecer el Estado ante los ojos del pueblo. El resultado fueron esos edificios de ángulos rectos, impenetrables, fríos, monumentales, en los que, al salir de la cárcel, Zanelli se encontró con la miseria humana. Imagina a los funcionarios de gobierno contestando el celular ante la eventualidad de que el número desconocido les traiga un nombramiento o una ventaja, para encontrarse con el fantasma de Zanelli que regresa del encarcelamiento al cual contribuyeron con su silencio; el alivio que deben sentir cuando al final de la charla forzosa él les pregunta con medias palabras si pueden recomendarlo para un trabajo; la satisfacción que les proporciona que el idealista de su generación esté destruido.

La Caldini se percata de que Zanelli no va a su lado. Al voltear para buscarlo lo ve recogerse como si fuese una hoja de papel, piensa que sufrió un asalto o que lo atropellaron, lo ve llevar sus manos sobre el costado derecho de su cuerpo y presionar con las palmas para empujar el dolor hacia el lugar de donde proviene. La sangre se retira de sus uñas, de sus falanges distal, medio y proximal, de las muñecas, hasta quedar en blanco. Busca con la mirada qué pudo ocurrir y se encuentra con que se acerca a ellos un hombre que habla a viva voz por celular seguido de un guardaespaldas o chofer. Recuerda la única fotografía relativa al pasado revolucionario de Chandía que el buscador encontró en la memoria de la web: durante un reencuentro en el 2008 de los sobrevivientes de la Guardia Personal de Allende, de camino a la parrillada, el grupo decidió tomarse una fotografía delante de La Moneda. Mientras los demás veteranos lucen hinchados por las hormonas de los cerdos producidos por el empresario que aporta dinero a las campañas políticas, Chandía, delgado, con barba y bigote cuidados por un barbero, da un paso adelante demostrando a todos los que quisieran marginarlo del gobierno que pueden volver a necesitar de sus servicios para pacificar el país. En persona parece más alto, lleva un traje cortado a medida, mancuernas de plata, corbata de seda, zapatos finos de cuero. Nada recuerda al joven de 17 años que debió interrumpir sus estudios universitarios para integrarse como el miembro más joven de los GAP que años más tarde asistiría a un centro de entrenamiento en Cuba para aprender las técnicas guerrilleras que le iban a permitir encabezar la insurrección contra la dictadura y que posteriormente usaría para exterminar al Movimiento Rebelde Juvenil; según una nota de prensa redactada en Miami, al quedar sin alumnos, Fidel Castro transformó el centro de entrenamiento en una mansión con un jardín hidropónico donde cultiva tomates y su esposa, orquídeas. Del otro lado de la historia, Zanelli, con el carrito, la chomba blanca que lava por la noche para ponérsela al día siguiente, el pelo demasiado largo, los dedos heridos por las cajas, las pupilas dilatadas, siente que sus piernas no le responden. La Caldini lo coge del codo; está pálido y suda. Chandía pasa por delante sin ver a Zanelli doblarse en dos y vomitar.

El funcionario del Ministerio de Cultura la espera a la entrada del galpón con su overol café. Sus compañeros participan en una reunión sindical que los retendrá por al menos dos horas. Le entrega un delantal celeste con un nombre de mujer bordado en el bolsillo para no llamar la atención. Cruzan la unidad de despachos y la de entregas, por todas partes hay altos de impresos envueltos en film. A medida que descienden al subsuelo el frío se vuelve insoportable. Por la escalera llegan hasta el nivel -3. La Caldini supuso que encontraría al encargado del archivo, pero seguramente participa de la reunión. El funcionario recibe el dinero y se despide de ella con el compromiso de que pasará a buscarla en hora y media.

A fines de los 50, cuando construyeron este edificio y el suyo, se pensaba que para enfrentar un sismo era conveniente levantar una estructura inamovible. Después del terremoto del 27 de febrero, la Caldini se dedicó a leer estudios sobre la construcción antisísmica. Lo que más llamó su atención fueron «las tentaciones» que surgen durante el proceso; si se usa un acero dúctil más caro o uno quebradizo; si los estribos, que impiden que las columnas estallen en una sacudida vertical, tienen o no grosor y resistencia; si el cemento lleva tres partes de arena y una de hormigón o usan arena de playa, más barata, y no la lavan; si las piedras son redondeadas y no se agarran a un cemento demasiado blando... A las tentaciones de los inversionistas se suman las de los ingenieros, los contratistas, los fabricantes de materiales... Hasta los albañiles pueden verse tentados a no dar vuelta cada piedra por si es necesario labrar la superficie con cincel y martillo, a usar rajuelas para nivelar la altura, a no asentar las piedras de abajo para que reciban bien las de arriba, a no apoyarlas con el mortero, a no sujetarlas con una gruesa capa de cemento, a no dejar espacios... Un edificio que resistió el terremoto de febrero pasado puede desplomarse años después por un grano de sal de mar.

Cuando en 1993 bajaron por primera vez al subsuelo -3 los formularios de postulación para los fondos concursables, nadie pensó que las ayudas a los artistas e intelectuales que lucharon contra la dictadura iban a durar diecisiete años. A una primera funcionaria se le ocurrió adosar estantes metálicos a la pared; cuando se acabó el espacio, no hubo más presupuesto y procedieron a armar pilas en el suelo. Los empleados fueron subiendo la altura en bloque y dejaron pasadizos por los que alcanzaba a pasar alguien delgado, pero cuando llegaron al metro cincuenta comenzaron a tirar los formularios de cualquier manera y así taparon los pasillos. El cambio debió ocurrir cuando se implementó la postulación por internet y la posibilidad de que alguien reclamara la devolución de un formulario se volvió improbable.

Ahora las postulaciones casi rozan el cielo. No es posible caminar entre ellas o buscar por género, año, disciplina. En los documentos que aún conservan la primera página es posible leer: shakespeare y su aporte a los derechos humanos con sus tragedias políticas estudios de campo de 1eros molinos papeleros en europa fotonovela chilena registro memoria y star system criollo comunicación visual en los mapas históricos pequeñas grandes experiencias investigando las vivencias infantiles la magia crece con talleres culturales itinerancia por unidades penitenciarias con uñas sucias ¿hay moda en chile? creación producción y exhibición de proyecto punto ciego desplazamiento temporal huelga transitar del descalce al encuentro aplicación móvil para portal cultural indagaciones sobre lecturas en hipertexto que realizan estudiantes de la comuna concurso de anteproyecto de urbanismo plan estratégico de desarrollo barrial una realidad escolar por un buen vivir en comunidad imagen tensión/producción de archivos imagéticos-colectivos en la ciudad posthistórica ugoki soundtrack para videojuego chileno junto al apoyo de la orquesta de macedonia exploración de la creatividad a través del tejido a telar diseño construcción e implementación de sistema de orientación y mobiliario viii festival tsunami (segunda postulación primer proyecto enviado contiene error en honorarios) exhibiendo el conocimiento de manera atractiva y entretenida a l@s usuari@s salud milenaria en un recetario con productos naturales programa de diagnóstico ¿qué leen y dónde leen los estudiantes universitarios de la araucanía? evaluación conocimiento y ajuste en comercio justo para artesanos en busca de tierras vírgenes integrando a las personas ciegas a la lectura así como sea la escuela así será la sociedad entera música en la soc. de socorros mutuos unión de carpinteros y ebanistas de concepción en los años 80 aymar arusax jakayañapunispawa memorias del arrieraje andino tejiendo nuestro futuro con tradición e innovación pachamama: sensibilidad en la materialidad lo que persiste en el intervalo piedad popular organización campeonato regional de cueca adulto formación de cantantes líricos para atacama «con una cruz al hombro» imaginario sobre el río maule taller de creación e itinerancia de marionetas gigantes de papel frazadas con flores de chiloé manifiesto escénico sobre una tragedia de género a sus 10 años de estreno inmaterial sobre huerto jardines del valle del elqui sistema de seguridad para libros shakespeare un laboratorio para las formas animadas el soplo de vida inmersiones escópicas experiencias y dispositivos perceptivos mates y bombillas tradición patagona historia memoria y cultura el cementerio general en los ojos de sus trabajadores género y poder presidentas de latinoamérica dilma y la sra. k en pintura itinerancia pensamientos a través del espejo peregrinación por la revalorización de la raíz del baile chino en camino va el conocimiento y la entretención el último aliento a lo divino rescate de la identidad del mataquito conociendo nuestro cuerpo adquisición de 3 vitrinas para el salón de honor de la primera compañía de bomberos del amor al odio estrategias de vinculación entre compañías teatrales y el sector privado en chile yo amo cartagena fortalecimiento social y puesta en valor de patrimonio de la playa antiguos en violín en la staatliche hochschule für musik und darstellende kunst stuttgart oficios temporeros portadores de identidad los sabores un paso a otro enfermedades en mi casa.

Delante de la Caldini va un señor con una bolsa con una manzana y un plátano. Como a ella también por las noches le baja necesidad de comer una fruta, lo sigue hasta un teatro. La puerta principal está cerrada; el señor, la manzana y el plátano entran por el costado. La Caldini se queda mirando desde la puerta de escape a un director de cine que pasó cuarenta años sepultado hasta que lo redescubrió un festival y sus películas se volvieron de culto. El cineasta lleva los jeans, la camisa amarilla de popelina y el Montgomery con el que lo enterraron; explica que el cortometraje que van a ver lo filmó en la escuela de cine, durante un fin de semana en que le prestaron una cámara. Antes de volver a su butaca presenta al amigo que hizo de protagonista y que va a ver el corto por primera vez. Sobre la tela aparecen rayas, agujeros, quemaduras, las alas aplastadas de un mosquito, dos manchas de aceite, la base de una copa, gotas de vino tinto o de sangre, una calle quemada por el exceso de luz, árboles, un joven de pelo largo que camina todo el día con las manos en los bolsillos. A la noche, un diálogo con el padre deja traslucir que debió haber llegado a una entrevista de trabajo en la fábrica de un amigo del viejo. El corto termina el domingo cuando vienen a buscar la cámara y los espectadores quedan sin saber si el lunes el joven encontrará el camino. La Caldini observa al amigo del cineasta que hizo de joven en los 80, resulta imposible juntarlos en una sola persona.

Los bares del barrio están desocupados pero no venden vino por copa o sin comida; en el último la barra es solo para los que esperan una mesa aunque nadie está esperando. Se lo pregunta a un joven garzón que fuma un cigarro en la calle:

—¿No te parece demasiada coincidencia que en tres bares me nieguen una copa?

El garzón mira hacia el interior del bar. La Caldini ignora que el administrador los está mirando. Aprovechando que debe concentrarse en firmar un cheque, el garzón le cuenta que existe un reglamento.

—¿Y qué parte prohíbe venderme una copa?

—No nos permiten atender a mujeres solas, creen que vienen a levantar hombres y como el local tiene un perfil para parejas jóvenes, podría tomar mala fama.

—¿Y este lugar tiene buena fama?

Al oír eso el joven recupera la alegría que sintió al escaparse a fumar un cigarro y le cuenta que de todas formas no piensa trabajar en el bar por mucho tiempo; al compañero que le dejó el puesto lo descubrió un tipo que buscaba dobles para una productora en Miami y que un día entró allí a tomarse un trago.

—¿Y tú crees que los buscadores de dobles se pasan el dato?

—A que no, ríe. Si sigue por esta misma calle va a encontrar un bar al que van mujeres solas, es mucho más divertido que este.

Es el bar al que la citó Nilda. Por la vereda de enfrente pasa el director de culto y su amigo con los rollos de 16 milímetros bajo el brazo; en la esquina dudan si meterse o no a un boliche y, tras una breve discusión, deciden retornar la angustia del joven al armario de la casa donde estuvo enterrado los últimos cuarenta años.

—Tú eres artista, afirma la bizca que también es la dueña del bar. Una intelectual entonces. Como quieras, pero lo que tomes, va con descuento. Me interesa que vengan más mujeres como tú a mi bar.

Las que no son como ella se resumen en tres amigas que comparten una botella de cerveza al lado de una mujer formal de pelo crespo que bebe un Tom Collins; una señora sola que parece vendedora de cosméticos y que aspira con una pajilla otro Tom Collins, y una joven bronceada con una musculosa blanca que baila sin compañía en la pista. Escucha a la mujer formal embromar a una de las tres amigas que no quiere sacarse la chaqueta de jeans con solapa que lleva abrochada adelante. Las otras dos se unen a sus burlas y la chaqueta, acorralada, mira con esperanza la libertad de la musculosa.

—Yo también soy artista, se presenta la bizca.

—¿Ah sí?

—Sí, viví diez años en un kibutz y me encanta Israel, un país intelectual y moralmente muy superior a los demás; ahora estoy pintando su desierto.

La bar woman con el pelo a lo militar repliega los labios al ver cómo la bizca indica el departamento en el piso de arriba donde guarda los cuadros que se propone mostrarle.

—¿Y por qué volviste de Israel si te gustaba tanto?

—Llega una edad en la que hay que juntar dinero para la vejez y en eso aquí es mucho mejor que en Israel: allá contratar a alguien es carísimo.

Menos mal que la aparición de Nilda ahuyenta a la bizca. La bar woman les trae el pedido con las manos amoratadas por los trozos de hielo que muele para aguarle a la dueña el gin. Nilda levanta el mojito. La Caldini, su Tom Collins. La vendedora de cosméticos se cree incluida en el brindis y bebe mirándola a los ojos.

—Aunque no fue mucho el tiempo que compartimos, siempre te recordé, le dice Nilda sentimental. Estaba lleno de estudiantes que militaban por moda o para seguir al novio, tú de verdad creías en un mundo mejor, bueno, en una de esas todavía, ríe.

—Yo he tratado de acordarme pero no lo consigo.
—No necesitas estar a la defensiva conmigo.

Si no fuese un delirio pensaría que Nilda siente deseos de llorar. La ve agarrar una servilleta y doblarla en cuatro.

—Zanelli me contó que te enojaste porque la primera vez te dio su nombre político, no el verdadero. Tú también tenías una chapa, en el PSP nadie te conocía por Carlota.

—¿Sí?

Nilda señala los retratos de las artistas, locas o revolucionarias que las observan desde las paredes.

—Había gabrielas, dolores, alfonsinas, hannas…, dice y señala a la Arendt en la pared. Elenas y rosas… Nilda se detiene en el perfil severo de Rosa de Luxemburgo colgado en el muro.

—Rosa, ¿cómo se me fue a ocurrir llamarme así? ¿Y tu chapa cuál era?, le pregunta.

—No la uso hace mucho.
—Pero la recuerdas.
—Esas cosas quedan en la intimidad.

La Caldini duda si Nilda guarda el secreto por coquetería o hay algo más, tal vez lo continúa usando.

—En vez de mirarla tanto, tendrías que invitarla a salir, le comenta la mujer formal a la chaqueta de jeans cuando la sorprende mirando a la joven de musculosa blanca.

—Lo que pasa es que tú todo lo mides en eficiencia.

—No soy yo, es el mundo.

—Y después te quejas de que las mujeres andan contigo por puro interés, retruca la chaqueta de jeans.

No debe ser fácil teñir un pelo tan largo. Nilda prefirió dejarse las canas a cortarlo. Durante los últimos trece años tuvo que haber ido casi todos los fines de semana a la cárcel de alta seguridad; cuando llovía, cuando tenía un cumpleaños, cuando quería quedarse en la cama y cerrar los ojos.

—Ni los más cercanos me entendían, dice y se le quiebra la voz. Decían que me estaba encerrando con él.

Nilda desdobla el cuadrado en la servilleta para probar con una diagonal. Quizás la citó con la ilusión de encontrar en ella una amiga y es torpe para expresarlo. Durante la dictadura se preparó para ser detenida, torturada, asesinada, y quedó viva.

—Él no te encerró, tú lo sacaste, le dice la Caldini para animarla.

Nilda debe estar intentando armar un barquito de papel, una bombita de agua... Ella tampoco recuerda si se parte con un doblez en diagonal ni cómo se sigue.

—Yo lo convencí de pedir el indulto. A la primera petición se resistió, por el papel que los obligan a firmar. Lo más duro era manejar su expectativa al aproximarse la fecha. Se lo negaron trece veces.

—¿A qué les hacen renunciar?

—A la vía armada. El compañero de celda de Loayza no quiso firmar, y lo criticaron. Imbéciles.

—Imbécil, grita la mujer formal al ver las cenizas sobre la mesa. ¿Para qué crees que están los ceniceros, o en tu casa no te enseñaron a usarlos?

La chaqueta de jeans reclama que no la puede tratar de esa manera solo porque tiene un auto y un departamento en la villa.

—Y dentro de poco uno en el centro, ¿qué tal? Con estilo, ¿viste?

—No sé para qué vine.

—Piensa, adónde más vamos a ir, la consuela una de las amigas.

—Yo pensé que si te encontraba de nuevo ibas a estar como periodista de la tele o de un diario, confiesa Nilda.

—Si lo medimos bajo esos parámetros, me fue bastante mal.

—A otros les resultó peor.

—Sácala a bailar, no seas tonta, le insisten las amigas a la chaqueta de jeans, señalando a la musculosa en la pista.

—Déjenla, prefiere soñar, opina la mujer formal.

—No es verdad, contesta acalorada la chaqueta de jeans.

—No conozco a nadie más dedicado que él, cuenta Nilda. Le era tan fácil entrar en confianza con las personas. Nunca lo vi imponer su visión, buscaba que la gente aprendiera a pensar por sí misma. Los pobladores veían cómo era y le creían.

La primera noche que estuvo dentro de ella, Zanelli le recitó un fragmento de un libro de Saint-Exupéry que le dejó un preso al salir en libertad. En su departamento puso en el buscador el nombre del escritor y un par de palabras que recordaba. El fragmento se parecía a la imagen que Nilda conserva. «Ser hombre es precisamente ser responsable, conocer la vergüenza frente a una miseria que parece no depender de uno, estar orgulloso de la victoria que los camaradas han obtenido; sentir que la piedra que ponemos construye el mundo».

—Me contó que quieres pasar una noche en El Salto. No eres la primera que nos pide que la llevemos.

—Debe ser porque están pasando una serie sobre los años 80 en la televisión.

Nilda pone su mano sobre la de ella:

—No tienes que ser cínica conmigo.

—Te lo dije, me debes una cerveza, le advierte la chaqueta de jeans a una de sus amigas.

—Esa noche nos quedamos muy preocupados por tu desaparición, Carlota, debiste volver, aunque fuera para decirnos que estabas bien.

—Este segundo gin está horrible, exclama la Caldini.

—Mi mojito no está mal.

Se ve terrible.

—Yo entiendo, te estás buscando a ti misma.

—¿Sí?

—También pasé por una separación y me sentí vacía.

Está segura de que en su casa de El Salto no mencionó que estaba separada, tampoco se lo dijo a Zanelli. Nilda tuvo que haber introducido su nombre en el buscador y dio con las fotografías sociales donde aparecían Rocha y ella.

—¿Y con qué te llenaste?, le pregunta.

—Cuando pierdes a alguien que fue tan importante en tu vida, que es importante, porque pese a la distancia nunca dejamos de amarnos, tienes que renunciar a esa plenitud, vendrán otras, distintas.

—¿Por qué se separaron si se aman?

—Para él se transformó en un amor de hermano.

Por el corazón de Nilda vuelve a pasar Zanelli. La Caldini retira la mano por si acaso.

—Me dijeron que el sábado pasado al Bacará fueron unas mujeres súper bonitas y quedaron de volver hoy, cuenta una de las amigas.

—Siempre dices eso y cuando llegamos allá, no pasa nada, se burla la chaqueta de jeans.

—¿Viste cómo vive?, le pregunta Nilda.

—Armó un lugar confortable dentro de lo posible, la consuela la Caldini.

—Si supieras cómo lo humillan cuando va a verlos para pedirles un trabajo o una recomendación. Zanelli fue el primero de su promoción en sociología y antes terminó historia... Un muestrario de la miseria humana, piensas que no habrá nada peor y aparece un conocido que lo hace ir a una oficina donde supuestamente un conocido suyo lo va a contratar. Zanelli vuelve cuatro, cinco veces para escuchar de su propia boca que nadie lo llamó para recomendarlo.

Los pliegues marcados en la servilleta no forman la figura que tiene en mente ni ninguna otra.

—Seguramente tienen miedo de que Zanelli les eche en cara lo que entregaron, desliza.

—Me sorprendes, Carlota.

—Que no milite no significa que no vea o piense.

—Nos vamos todas o ninguna, se levanta de la mesa la mujer formal.

—No tienes derecho a imponer tu decisión, la encara la chaqueta de jeans.

—Después no llegues a mi departamento llorando porque te enamoraste de un imposible.

¿Conoce Nilda el bar al que la citó? Aunque no fuera así, ya debe haberlo comprendido. Las dos amigas se detienen a ver si la chaqueta de jeans va con ellas. Se resisten a dejarla sola pero si no suben al auto de la mujer formal se perderán el Bacará y la posibilidad de encontrar al amor de sus vidas.

—Vamos a obligarlos a devolver el dinero que nos robaron a todos los que luchamos para tener una democracia.

—Van a necesitar un ejército de cobradores.

—Sabemos formar un ejército.

—Aunque devuelvan el dinero, ¿cómo vas a asegurarte de que no pase lo mismo de nuevo?

—Existen métodos de control.

Nilda arruga la servilleta ofuscada por los intentos vanos. En la calle un auto se pone en marcha. Las amigas corren hacia la puerta. La chaqueta de jeans no sabe qué hacer, la joven que baila sola no le ha dirigido la mirada. La vendedora de cosméticos cree que la Caldini está mirándola y se arregla el pelo.

—Lo que quiero decirte... Nilda le clava la vista como si el problema no fuese la memoria sino la Caldini que se resiste a recordar... es que no podemos dejar que nuestros problemas personales, por muy grandes que parezcan, oscurezcan lo importante.

—¿Te refieres al bosque y a los árboles o al amor entre hermanos?

—Me refiero a que tú y yo no somos mujeres que se dejan abatir por los sentimientos.

La Caldini se ha estado aguantando las ganas para ver si logra guiar la conversación hacia el Registro Nacional de la Entrega, pero ya no puede más.

En el baño encuentra a la vendedora de cosméticos, llevó con ella el Tom Collins, se lava las manos.

—¿Es tu primera vez?, le pregunta.

La Caldini no está segura de a qué se refiere.

—Una amiga me dijo que aquí iba a conocer mujeres, pero ya llevo viniendo dos semanas y no he conocido a nadie, lamenta, secándose las manos con una toallita de papel. Mi marido se fue con su secretaria.

—Lo siento.

—Y las pastillas para dormir ya no me hacen efecto, no sé qué hago mal, sigo teniendo las mismas medidas que a los 20: 91 de busto, muestra con el índice sus tetas, 65 de cintura, apunta a los costados, y 89 de caderas, las toma.

Parece cierto.

—Mi amiga me dijo que no es muy distinto hacerlo con una mujer que con un hombre, que ellas saben hacerlo para que no notes la diferencia.

La vendedora de cosméticos espera con las manos en la cintura a que la Caldini tome la iniciativa.

—Si quieres puedes tocarlas, dice y alza el pecho, con suavidad eso sí, no me cae bien la violencia.

Como la Caldini no se mueve, toma su mano y la deja caer sobre su teta izquierda; es verdad, las tiene paradas.

—¿A qué te dedicas? ¿Artesana? Tienes pinta de profesora, me caes bien, te las voy a mostrar para que veas que no miento.

Se levanta la chomba y la camiseta. Tiene el cuero duro y firme, con un pezón rosa y la aureola oscura.

—¿No quieres tocarlas?

La carne se siente tibia.

—¿Te gusta?

Lo increíble es lo mucho que le gustan a ella sus movimientos; abre la boca, cierra los ojos y gime, en ese orden.

—Si quieres, me desabrocho el pantalón.

—Alguien podría entrar.

—Ven a mi mesa y te invito un trago.

—No puedo dejar a mi amiga sola, su novia la dejó.

—Yo les pago los tragos a las dos.

—No va a querer hablar delante de ti y me da susto que se vaya a su casa y se suicide.

La vendedora de cosméticos sonríe apenada.

—Ven más tarde, a la ahora que quieras, tú me gustas, le dice, tomando con fuerza el cuello de su camiseta, sabes tocar, le dice, como mi marido.

Al pasar por la barra, la bizca le pregunta si le llevaron el segundo trago. Aprovecha para decirle que le sirvieron del gin barato y ella pidió del otro. La bizca se pone furiosa con la bar woman, le enrostra que la tiene durmiendo en su casa y trabajando en el bar a pesar de que la pasión entre ellas se acabó hace mucho, solo porque no tiene adónde ir.

—La quieres como una hermana, se burla la Caldini.

—Yo tengo tres hijos y dos nietos, la familia es otra cosa, se molesta.

—Hola, no quiero molestar, se presenta en la mesa la vendedora de cosméticos con el Tom Collins y la pajilla.

Nilda la mira de arriba abajo.

—Me dicen Malala. Qué buena música que tocan aquí. Dan ganas de bailar, ¿ustedes bailan?

—¿Bailamos?, le pregunta Nilda a la Caldini.

—Qué pelo más bonito, tendrías que teñírtelo, opina, Nilda lleva sus cabellos hacia delante orgullosa:

—A mí me no me molestan las canas.

—Yo, como profesional, pienso que te avejenta.

—¿Eres peluquera?, le pregunta la Caldini.

—De perros, pero en el instituto teníamos ramos comunes.

La Caldini siente la mirada de Nilda:

—¿Bailamos?, insiste, revoleando los ojos para indicarle que así podrán liberarse de la peluquera.

—¿Puedo ir con ustedes?

—Lo siento, soy chapada a la antigua, bailo en pareja, contesta Nilda al levantarse.

—No sé qué hago mal, se lamenta.

La musculosa blanca tuvo que haber sido delgada, todavía conserva sus formas, hinchadas y magulladas por los bandazos que se debe dar borracha de camino a su casa. Según le contó la mujer formal a las amigas mientras estuvieron en la mesa, la madre le quitó a su único hijo y la acusó en tribunales de alcohólica y drogadicta. Donde la ropa no la cubre, quizás porque el baile o el alcohol desajustaron sus prendas, la piel cobriza aparece mojada y oscura, tan distinta a la de la Caldini, blanca y suelta.

—Qué egolatría, comenta Nilda.

Si desde la mesa parecía que bailaba sola, en la pista advierten que baila frente a uno de los espejos, solo al tercer paño se entrega y, como si estuviera ante un compañero exigente, sus pasos son únicamente para él. Lejos de exhibir su belleza, como cree Nilda, ensaya posturas, ángulos, acercamientos y lejanías que la desfiguran. En cambio, los movimientos de Nilda calzan con una época en la que los pasos se aprendían y no se olvidaban más.

—¿No sabes bailar?, le pregunta al notar el ritmo desacompasado de la Caldini. Ya vas a recordar, le asegura con una intimidad nueva.

Parece esperanzada de que va a resultar el esfuerzo que hizo para juntar en un mismo lugar los problemas sentimentales de las mujeres y los retratos de las artistas, locas y revolucionarias que se entregaron a la causa. Es evidente que para ella hubo algo en el pasado que las unió y está confiada en que lograrán superar la extensa separación. En el programa *Música Libre* había una bailarina muy delgada que hacía volar como Nilda su pelo largo negro y ondulado.

Si la musculosa blanca no parte ahora mismo, mañana la asistente social enviada por el tribunal para certificar que es una madre responsable la encontrará en la cama con olor a trago. Sabiendo que de eso depende recuperar al hijo que ama, no consigue despegarse del reflejo acusatorio de su madre en el espejo. La Caldini desvía la mirada. Usando los pasos de baile aprendidos, Nilda la empuja adentro. La musculosa la recibe con una sonrisa marchita. Nilda admira en el espejo su cabello largo y negro sin canas.

—¿No vas a bailar, Rosa?

La Caldini se desconcierta. Nilda debe creer que su nombre político la hará recordar... ¿la amistad entre ambas?

—Si me dices cuál es tu nombre político, opone.

Nilda levanta sus brazos y agita los dedos, mueve la cintura y pega saltitos como las bailarinas de *Música Libre* que la Caldini miraba en la televisión cuando soñaba con tener 16 años para ir a bailar aunque cuando cumplió 16 años estaba en una peña sobre una dura silla de madera y paja y ante un vaso con vino caliente aplaudiendo a Tilusa, el payaso triste. Nilda se ríe y al reírse muestra la tapadura de oro en su última muela, la del juicio:

—Si quieres saber, dice y da una media vuelta, mi nombre político, levanta los brazos y da un saltito, es Carlota. Y suelta una carcajada.

Nilda se puso el nombre de la Caldini, ¿fue esa similitud lo que la atrajo de la joven de 20 que llegó esa noche a El Salto a hablar con Zanelli o se lo puso después de que ella desapareció?

—No importa cuánto tiempo pase, sigues siendo de los nuestros, agrega Nilda, alias Carlota, completando la vuelta. Viva la revolución, grita con las manos arriba.

La musculosa blanca, la chaqueta de jeans, la judía bizca, su ex amante con las manos rojas por el hielo, la peluquera de perros, las dos amigas que volvieron desilusionadas del Bacará, Virginia Wolf, Hannah Arendt, La Pasionaria, Juana de Ibarbourou, Simone de Beauvoir y Rosa de Luxemburgo levantan los brazos, agitan las manos y pegan saltitos, igual que en la coreografía de «salta, salta, salta, pequeña langosta / no te vayas lejos, volvé hacia la costa / que hay un maremoto bailando a tu lado / y cualquier pescado te puede robar».

—Viva la revolución, gritan todas.

La despierta un estruendo, como si un auto atravesara la casa, algo cayó al piso y resuena como si las baldosas estuvieran sueltas y, más abajo, fuera hueco. Recorre los cuartos. La ventana que da hacia el patio se cerró de golpe y la piedra que tenía puesta en el marco para mantenerla abierta cayó.

Al sacar la cabeza hacia el patio advierte que, habiendo fracasado en decorar el vestíbulo del edificio —unos ladrones se robaron la mesita de arrimo y el ficus—, la Yugoslava se las tomó con el patio de atrás. Ya les había advertido que iba a usar el dinero común para cubrir la tierra con pastelones y así evitar que la lluvia forme barro, pero después de que construyeron las cinco torres, que dejaron el patio sin sol y a ellos sin cordillera de los Andes, nevada en invierno, rocosa en verano, únicamente su vecina continúa saliendo a alimentar a su perro, colgar la ropa recién lavada o arrumbar sobrantes de las reparaciones que continuamente encarga para que no se venga abajo su vida y que generalmente terminan en violentas disputas con albañiles que se quedan con el dinero o no hacen el trabajo como ella desea, y así los materiales de las obras inconclusas yacen en el patio junto con las botellas vacías de la fuente de soda.

El llamado de la abogada la sorprende buscando la piedra para volverla a su lugar.

—Lo que tengo que contarte no es bueno, le advierte.

La piedra tiene que haber caído detrás de la cocina.

—¿Sabes por qué tu padre no hizo la posesión efectiva del departamento?

—Supongo que se le pasó el tiempo como a mí.

Su padre heredó el departamento de Rosa Basis, una tía lejana, profesora, sin hijos, como la señora Virgi. Seguramente el edificio fue construido por una asociación de normalistas y ambas salieron sorteadas. Hace unos días paró en el segundo piso para revisar si tenía las llaves y le pareció escuchar que alguien boqueaba detrás de la puerta de la Virgi, no supo si un animal o un ser humano; ahora que lo vuelve a pensar, hace mucho que no la ve, tendrá que preguntarle a la Yugoslava. Recuerda que su padre le llevaba a Rosa Basis alimentos y también materiales de pintura porque la pasión de la mujer eran las miniaturas. Cuando su padre le dio el departamento, pensó que iba a encontrar alguna pintura de ella, pero estaba vacío. No se preguntó quién sacó las cosas de la señora Basis, aunque su padre no se llevó ningún objeto a la casa de su madre. La ventana vuelve a golpearse. Tendrá que poner otra piedra en el marco antes de que una corriente de viento suba nuevamente por el cajón del patio y rompa el vidrio.

—¿Sabes qué relación consanguínea tenía tu papá con esta señora Basis?

—Era su único sobrino, creo que en segundo grado.

—Qué extraño, mi contacto en el Registro Civil me dice que no existe vínculo consanguíneo entre tu padre y Rosa Basis.

Su padre nunca le habló de esta tía, tampoco aceptó que ella lo acompañara en sus visitas. La Caldini se hizo la idea de que la mujer estaba enferma o era muy complicada y por esa razón no le duraban las empleadas. La Yugoslava tuvo que haberla conocido; qué extraño, nunca le preguntó.

—Si mi padre y Rosa Basis no eran parientes, ¿por qué le regaló el departamento?

—Buena pregunta.

Rocha dejó solo las piedras grandes que no pudo llevarse y esas no caben en el espacio entre el marco y la ventana. Abajo, en el patio, el perro de la Yugoslava siente su presencia y ladra.

—No fue amante de tu padre, si eso estás pensando, a menos que le gustara la tercera edad. ¿Aliviada?, se burla.

—Quizás fueron amigos en la juventud y como ella no tenía herederos, le dejó el departamento a él.

De ser cierto, eso no esclarece por qué les mintió a su madre y a ella respecto al parentesco. ¿Temía despertar los celos de su madre? No pensó que entre ellos hubiese una relación pasional pero si les mintió en eso, pudo mentir en otros aspectos. Su padre era un hombre de rutinas fijas, sus únicas salidas eran a la Logia Masónica y a la reunión de profesionales del Partido Radical. ¿Y si no iba a esos lugares?

—No es extraño que, si la cuidaba, ella le dejara el departamento, lo extraño es que no haya dejado un testamento.

—¿Cómo?, ¿el departamento no es de mi padre?

—Legalmente no.

—¿Y él lo sabía cuando me lo dio?

—Probablemente.

Ella nunca le ocultó a su padre que tenía dificultades para conseguir trabajo y mantenerse en los empleos. Recuerda haber llorado delante de él porque no conseguía adaptarse a lo que le pedían. Cuando él le entregó las llaves del departamento, lo hizo con la intención de que tuviese algo seguro para el resto de su vida; usó esa palabra, seguridad.

—¿Y qué puedo hacer?, le pregunta a la abogada.

—La ley te da la posibilidad de que legalices la propiedad. Para eso tienes que acreditar que pagaste los impuestos durante quince años seguidos, es un trámite largo y costoso, vas a necesitar un abogado. Te recomiendo que empieces a recolectar los recibos de los impuestos.

La Caldini no le dice que fue Rocha quien pagó los impuestos.

—Si existió un hermano o hermana de Rosa Basis que tuvo hijos que no estaban en comunicación con su tía abuela, puede ocurrir que a través del llamado público a la comparecencia de los familiares que te obligará a realizar el tribunal se enteren de que les corresponde un departamento. Generalmente no ocurre, pero hay un porcentaje de casos en que los herederos aparecen.

—Mientras tanto puedo seguir viviendo aquí.

—Claro, pero no puedes hipotecarlo ni venderlo, y te aconsejo que tampoco lo alquiles a un desconocido para no correr el riesgo de que te deje de pagar y tengas que hacerle un juicio.

—Necesito que hagas una última cosa por mí, le pide.

—Mi especialidad no son las herencias.

—Se trata de que escribas una carta para el abogado de Rocha.

—Mi trabajo en este caso terminó, tú lo sabes.

—Solo comunícale que mi decisión de no pagar es definitiva.

—Le voy a agregar que ya no trabajo para ti y que no vuelvan a contactarme, ¿te parece?

—Perfecto.

—Como está fuera de mis honorarios, te la tengo que cobrar. Ah, me olvidaba, también tengo que cobrarte el gomero que se marchitó por el vómito.

El viento abre la ventana y la vuelve a golpear, la reverberación se expande al vidrio, a los ladridos, a la gotera de la llave del baño, a los pasos de la Yugoslava que viene subiendo la escalera. La Caldini espera escuchar la reja y la puerta de fierro del departamento de enfrente, pero su vecina golpea en el de ella. Está cubierta de polvo.

—No sabes la mugre que he tenido que sacar del departamento de la Virgi.

A la Caldini le sorprende que a pesar de sus quejas continúe haciendo de buena samaritana.

—Hace tiempo que no la veo, ¿está bien?

—Yo no sé en qué mundo vivís, ¿no te diste cuenta que ya no vive aquí?

—¿Adónde fue?

—La primera vez que se cayó la encontró la garzona, llevaba horas tirada en el suelo. Otras veces me la tuve que echar a la espalda y llevarla hasta su cama. Todas las mañanas pasaba a ver si estaba viva y me tenía una hora hablando, como si a mí me sobrara el tiempo. ¿Pero para qué tiene una corazón?, para que se aprovechen.

La Caldini imagina a la señora Virgi con la ropa desarreglada y los huesos a la intemperie, escuchando por la ventana abierta de la sala a la Yugoslava que en la calle habla con el sobrino y le dice que su tía ya no puede vivir sola.

—El sobrino se la empezó a llevar a su casa en Lampa los fines de semana pero después de la última caída yo le dije que no podía dejarla aquí sola.

Imagina a la Virgi dejando atrás el hogar en el que vivió toda su vida adulta, rodeada de libros y recuerdos, para ser llevada a una pieza común en un hogar de ancianos en Lampa. ¿Y si el sobrino lo hizo para apropiarse de la jubilación y del departamento?

—Por supuesto la Virgi se quejó del hogar y tuvo que cambiarla a otro, el sobrino ya le advirtió que será el último, no le quedará otra que acostumbrarse.

—¿Y el departamento?

—Tengo una noticia que darte.

La sonrisa de la Yugoslava le recuerda a la abogada.

—Me compré el departamento de la Virgi. Lo voy a remodelar entero, ya contraté a un maestro, para el piso compré baldosas y voy a hacer de nuevo el baño y la cocina. Cuando lo termine, compraré unos muebles baratos, a crédito, y se lo voy a alquilar a extranjeros, ¿has visto todos los que andan por aquí? A la fuente de soda llegan a diario a preguntar si sabemos de alguien que alquile. Tengo todo pensado. Cuando sea vieja y me empiecen a fallar las piernas no voy a poder subir los cuatro pisos por escalera hasta aquí, y entonces voy alquilar mi departamento a los extranjeros y yo viviré en el de la Virgi.

La Yugoslava es dos años menor que ella y ya tiene planificada su vida mientras que la Caldini acaba de perder el departamento que le iba a dar seguridad. Un nuevo golpe de la ventana la hace reaccionar. La Yugoslava le ofrece una piedra de las que tiene en su departamento para de paso mostrarle la remodelación que hizo ahora que vive sola. Poco después del terremoto descubrió que el marido tenía de amante a la cocinera que freía las empanadas y los echó, a él del departamento y a ella, de la cocina. No era la primera vez que le descubría una amante; a pesar de eso siempre continuó trabajando con él en la fuente de soda. Esta vez dejó de ir a trabajar, cuando quiere ir al centro, va y viene por la vereda del frente. Confía en que él se dará cuenta de lo que ella realmente vale, le cuenta a la Caldini que ya averiguó a través de un cliente que no encuentra las facturas o las entrega con errores y hay quejas por la demora en la atención.

—Todo es idea mía, le muestra las paredes rosa, las baldosas rosa, las sillas rosa pálido, la cava enchapada en madera color cereza que mandó a empotrar en la chimenea. Ahora que vivo sola todo el tiempo es para mí.

Como los muebles los escogió por las fotografías de un catálogo, la mesa no cabe junto a los muebles del living así que la arrinconó contra la pared, dejando para su gusto medio comedor y medio living. Pero lo que desea mostrarle son los cuadros que borda en punto cruz ahora que el tiempo le pertenece. Una partida de caza con Ricardo Corazón de León, pastorcillos, ninfas, la torre Eiffel, las pirámides de Keops, Kefrén y Micerino, la sirvienta en el mercado, un claro de selva con un mono, el castillo de la bella durmiente, los Alpes nevados...

El tamaño de la piedra que le prestó la Yugoslava no es el que necesita pero la pone igual hasta que encuentre una del porte adecuado.

Freír se hace rápido; cocer legumbres, una carne dura, una cola de buey, una lengua tarda horas; en el intertanto llegará la primavera con sus vientos; el cajón que conforman las cinco torres encerrará el aire y lo obligará a subir y a empujar la ventana de la cocina hacia adentro, cualquier golpe un poco más fuerte botaría la piedra y apagaría la hornalla y, sin que ella lo note, podría continuar saliendo el gas. La consuela pensar que Rosa Basis no murió asfixiada.

El italiano está sentado como todas las noches en el escalón que da a la calle, desde donde sigue los platos que salen de la cocina y se distrae con la circulación de los vecinos. Hace un año que el restorán arroja pérdidas. Ya eliminó las aceitunas gratuitas y apagó uno de los calefactores. Convencido de que los empleados lo engañan, contactó a una empresa consultora y descubrió que los empleados, contratados de acuerdo a la ley, con sus correspondientes aguinaldos y préstamos para vivienda o enfermedad, se organizaron para robarle. La consultora le recomendó implementar mecanismos de control, incluido un circuito cerrado de televisión. El italiano sabe que el robo es común en los restoranes, que los cocineros se empapelan el cuerpo con bifes crudos y los barman se llevan cajas enteras de licor. Podría haber implementado algunas normas y descartado otras, pero tomó el engaño de los empleados como algo personal en su contra. Si bien no se «rebajó» a palparlos a la salida, contrató como administrador al contador que descubrió los robos. Hace unos días, un garzón le sopló que el contador está usando su conocimiento de las fallas del sistema para robarle, y que todos los empleados lo saben.

En la pantalla del celular de la Caldini aparece la llamada que ha estado esperando desde que la abogada le escribió al abogado de Rocha desestimando cualquier acuerdo monetario. El silencio al otro lado de la línea es total. Si Rocha estuviese en la casa de su hermana escucharía una gota de agua, música, la hibernación de la computadora, el ajetreo de la cocina. En una calle, por muy alejada que esté de la ciudad, sonaría una bocina, el crujido de las hojas al pasarles encima una bicicleta, una paloma. El silencio se fuga y la llamada desaparece. La Caldini sabe que volverá a llamar, se aleja del italiano para que no la reprenda por contestar llamadas anónimas que la hacen fabular sobre supuestas personas que buscan enloquecerla.

—¿Vio que echaron a la Dolly y a la peluquera?, le pregunta uno de los garzones que salió a fumar a escondidas.

El dueño de los locales, instigado por un publicista que pretende destronar al restorán italiano con un bar más moderno, les subió el arriendo a la peluquera, a la lavandera y a Dolly, para obligarlas a dejar los locales a los amigos del publicista que pretenden convertir este lado del río en el otro. No es la primera vez que alguien especula con extender la modernidad por encima del río. Hasta ahora todos los intentos fracasaron, como si no estuviese en la naturaleza de este lado transformarse en el otro. Si resulta, los amigos del publicista vendrán a modificar los locales que ya refaccionaron la peluquera, la lavandera, Marcos, Dolly… Y antes que ellos, el expendio de agua destilada, el almacén del Perro, la bicicletería… Derribarán muros, cadenas, columnas, agrandarán o achicarán aberturas, nuevas tentaciones vendrán a desfigurar la estructura original.

—La otra noche vino su pareja, estábamos cerrando y le conseguí que le vendieran una copa de champán, le cuenta el garzón. Venía llegando de una mina en el norte, me contó que es el primer trabajo que consigue en años, da clases de capacitación al personal, algo sobre mejorar las relaciones laborales. Me contó que pasa hasta quince días aislado en la cordillera sin hablar con nadie.

La Yugoslava abandona el edificio y permanece junto al quiosco de los periódicos sin decidirse a cruzar. Todo el barrio se enteró por el peluquero que le robó el celular al marido y, haciéndose pasar por él, mandó un mensajito de texto a la cocinera que freía las empanadas para que se vieran a la tarde en el cuartito al otro lado del río. El descubrimiento del cuarto que el esposo alquila con las ganancias de la fuente de soda consiguió sacarla del mundo punto cruz. Temiendo lo que podía llegar a ocurrir, la acompañaron su hija y una sobrina. Escondidas detrás de un auto, le suplicaron que no lo hiciera. La cocinera llegó frente a la puerta del edificio y se detuvo a sacar las llaves cuando la Yugoslava, acostumbrada a deshuesar pollos para aprovechar toda su carne, se abalanzó sobre su cuello para partirlo. La piel de la cocinera adquirió un color violeta como la Virgen los domingos; la hija y la sobrina intentaron liberarla pero los dedos de la Yugoslava se habían vuelto de fierro; desesperadas, le hicieron ver que si la llevaban presa por homicidio ellas quedarían solas... A la Yugoslava le costó despegar sus manos encarnadas en el cuello de la cocinera. Dicen que el esposo, cuando se enteró, devolvió el cuartito.

Rocha está llamando nuevamente. Al silencio se agrega ahora el sonido de los pies planos que tan bien conoce. Avanza por un sendero de tierra o maicillo, sus zapatos derrapan y las piedrecillas chocan entre sí. En vez de levantar los pies, los arrastra. La Caldini no sabe adónde la conduce, podría resistirse y cortar. Rocha pone el celular en su oído para comprobar si ella lo sigue; la brusquedad le causa vértigo.

En el viaje que hicieron con Rocha al desierto de Atacama, buscando inspiración para su primer texto sobre las grietas, encontraron muchos senderos por los que aparentemente caminan personas y animales a los que, sin embargo, nunca vieron. Rocha se detiene, seguramente ante una bifurcación, y duda por cuál camino seguir. En ese viaje tomaron un sendero para comprobar hasta dónde llegaba y cuando se dividió en tres no supieron cuál tomar. Esta vez Rocha parece haber identificado el que continúa, pero más adelante le sale al encuentro una nueva bifurcación. La extensión de su titubeo hace pensar a la Caldini que salió a caminar sin rumbo y que perdido en sus pensamientos se salió del territorio conocido. Aquella vez encontraron una roca bajo un sauce y se preguntaron si alguien la había remolcado para proporcionar sombra al caminante o ya estaba ahí y alguien plantó el árbol. Escucha el crujido de unas ramas pequeñas. Rocha pudo haberse sentado o una lagartija salió de su escondite para observarlo.

El silencio del otro lado le permite a Rocha escuchar la cortina metálica de la lavandería que Ester cierra todas las tardes a las siete y el grito del italiano preguntando por qué no usan el cloro para los baños. Desde que la municipalidad les prohibió a los cerrajeros cocinar y beber en la vereda, ya no abren todos los días. ¡La Yugoslava está cruzando nuevamente la calle del puente! En la terraza reprende a la garzona porque todavía no limpia las mesas. Llega a la caja, examina lo que ocurre en la cocina, calcula cuántos pollos faltan, pide un té con tostadas y se dirige a la mesa en la que acostumbra a comer su familia, con un alto de facturas que el esposo dejó sin contabilizar, confiado en que el mundo punto cruz también la iba a defraudar.

Rocha reanuda la caminata. A la Caldini le parece que el viento agita los álamos que crecen junto al cauce seco del río que acompaña la quebrada, porque el sendero que Rocha escogió se interna por una quebrada o así lo imagina al escuchar el viento chocar contra las paredes rocosas que encauzan el lecho sin agua. Se pregunta si ese lugar es el destino que se propuso alcanzar en la caminata que emprendió para ordenar sus pensamientos después de que el abogado le comunicó que ella se niega a pagar, o si camina sin pensar en el final. Ya no escucha los árboles, únicamente los matorrales espinosos que probablemente rozan su cuerpo. Por los movimientos supone que el sendero sube en pendiente. Las paredes rocosas dejan al sol del lado de afuera. Seguro hace frío. Rocha, supone ella, mueve el cuello como si le molestara la camisa. La Caldini tiene la impresión de que mira para atrás y emite un suspiro o una queja. En aquel viaje por el desierto quisieron cruzar la cordillera por un paso que no aparecía en el mapa y tras varios intentos fallidos volvieron a las cabañas; el cuidador les comentó que el sendero que tuvieron miedo de seguir cruzaba al otro lado. Rocha se agacha y por poco deja caer el teléfono. En prevención, lo guarda en un bolsillo y pasa el botón. A esa distancia no alcanza a escuchar, del lado de la Caldini, al Colo Colo y sus profecías sobre el fin del mundo, a los inválidos que cuentan las monedas afuera de la botillería, a Dolly cebando un mate en la calle, a los vecinos que trabajan todo el día fuera pasar a comprar el pan para la once comida, los golpes del mazo sobre el último muro en pie del hogar fundado por la iglesia católica para albergar adolescentes que viven bajo el puente. Esta mañana aparecieron cinco obreros con cascos amarillos y pañuelos rojos después de seis meses en los que la obra estuvo paralizada. El que maneja el chuzo lleva una cuerda atada a la cintura y al andamio; los demás trabajan sin amarras. Cuando el muro deje de ser seguro continuarán demoliendo desde el andamio. El rumor dice que lo compraron unos chinos o coreanos —no hay acuerdo— que manejan mucho dinero —hay acuerdo—. Los curas pusieron como condición para la venta que mantuvieran la fachada, cosa extraña por cuanto está construida con ladrillos de adobe común. Los chinos o coreanos echaron abajo todo lo que había detrás de la fachada. Según el peluquero, para levantar un restorán y ahora una boîte con karaoke. El cambio de menú se hizo mientras las obras estuvieron paralizadas. A ella le parece que un karaoke necesita un terreno más grande y estacionamiento; según el peluquero, los van a construir subterráneos. De todas maneras, si fue un restorán chino y ahora un karaoke, hasta que construyan los nuevos muros podrá devenir en cualquier cosa; menos mal que la iglesia los obligó a mantener la fachada y cada vez que los vecinos cruzan el puente tienen la ilusión de que el hogar todavía existe. La respiración de Rocha se agita como si el ascenso se hubiese vuelto más pronunciado. Un viento pasa rozándolos. El bamboleo de su cuerpo indica que trata de evitar las piedras grandes y que las pequeñas lo hacen resbalar. Un ave carroñera grita con su voz ronca parecida a la de un perro. En ese viaje al desierto, en el que Rocha esperaba encontrar material para escribir sobre las grietas, se encontraron con que la montaña al final de la quebrada era la acumulación de residuos de una mina; por cada paso que subían, resbalaban dos. Rocha la saca del bolsillo y la pone junto a su oído. Ha llegado más alto que cualquier intelectual chileno en su comprensión de las grietas del mundo; desde la cima avista todas las cumbres, las más próximas y las inalcanzables. La Caldini escucha su respiración cortada. Le parece sentir que se echa hacia atrás para apaciguar el vértigo que le causa la altura. Rocha aparta el celular de su oreja y lo deja colgando en el vacío; si lo suelta quedará solo en la montaña; vuelve a acercarlo. La Caldini escucha su llanto, quedo, histérico, triste, dulce; le bastaría extender su mano para secar esas lágrimas saladas, piensa. Si Rocha baja ahora deberá renegociar con la editorial y volver a escribir; cuatro libros le demandarán años, acaso los mismos que estuvieron juntos. Lo escucha dar un paso hacia el abismo, el viento frío seca los restos salados en sus mejillas. La Caldini desliza su mano por el teléfono, alcanza las teclas y corta.

La feria del libro de El Salto son tres tablones de madera usados con patas que se sostienen por milagro sobre el patio de tierra de la sede social. Los únicos disponibles son libros fotocopiados o usados. Nilda está molesta. La Caldini, incómoda; la invitaron a un carnaval para difundir la feria del libro y solo están ellos tres. El Negro parte a buscar a los dirigentes para averiguar si la actividad se suspendió. La Caldini sugiere que, para matar el tiempo, podría visitar las dependencias de la parroquia en la que en 1986 editó *El Portavoz*, pero Nilda cree que podría perderse.

En el plano que revisó antes de salir del departamento, El Salto tiene la forma de un panal; las celdillas representan minúsculos pasajes interiores de una sola cuadra ubicados en distintos sentidos y que no se continúan unos con otros. Quien se proponga ir hacia una de las avenidas se encontrará con que al salir de un pasaje, el próximo se encuentra más a la izquierda o más a la derecha, y deberá escoger por cuál seguir. Si llega a olvidar los desvíos que tomó, se arriesga a aparecer varias calles más allá. Los relatos sobre las jornadas nacionales de protesta contra la dictadura que encontró en el buscador mencionan que los pobladores huían de la policía por los jardines traseros de las casas, separados por cercas que podían saltar fácilmente, y de jardín en jardín reaparecían en un pasaje distinto. Eso les permitía disolverse y reagruparse rápidamente. Según estos relatos, los vecinos dejaban las puertas de sus casas entreabiertas para que los protestantes pasaran directamente al patio de atrás y en algunas cuadras llegaron a construir pasadizos a lo largo y ancho de la manzana, lo que contribuyó a dar fama a los tiradores de El Salto, como llamaban a los que arrojaban piedras a la policía.

Una muchacha de cabello largo y lustroso, como el de Nilda en 1986, encaramada sobre unos zapatos con terraplén y que lleva una chaquetita dorada imitación lamé, observa sin acercarse los títulos de las fotocopias y libros usados. La Caldini la acompaña en su recorrido: Nietzsche, Bakunin, Marx, textos sobre la iglesia popular de la Liberación, *Cómo leer al pato Donald*, *Los condenados de la tierra*, *Las venas abiertas de América Latina*, la *Pedagogía* de Paulo Freire, *La tregua*, *El libro de Manuel*, *Los hijos de Sánchez*, *Las enseñanzas de don Juan*, *Ovnis*, *El origen del Universo* y *Mafalda*.

—Los libros, ¿son buenos?, le pregunta la joven.

—Cuando los leí, algunos me parecieron buenos.

—Ya no está tan segura.

—¿Vienes al carnaval?

La joven busca a su alrededor un indicio del carnaval.

—Me voy a juntar con una amiga, entré para no esperar en la calle. ¿Es privado?

—Es cultural, ¿vives por aquí?

—En el Pasaje Abnegación, ¿sabe dónde es?

—Mira quién está aquí, grita Nilda.

Zanelli se ha vestido de negro y lleva la bicicleta robada a un costado. Saluda a la Caldini como si se hubieran visto ayer aunque ha pasado casi un mes. La noche anterior a la reunión para terminar de escribir el proyecto del *Museo del libre mercado*, a ella se le ocurrió leer las bases y descubrió que este año el Consejo de la Cultura privilegiará proyectos presentados por comunidades rurales o vulnerables, pueblos originarios o de difícil acceso a bienes culturales, zonas aisladas o periféricas, y a personas con capacidades diferentes.

—Con estas características un ex preso político es mejor candidato que yo, les dijo al día siguiente.

—Si es por tu nombre, no te preocupes, nunca lo pensamos poner, le contestó Zanelli.

¡Les estaba salvando el proyecto y lo tomaban como una excusa para no darles su nombre!

—Yo no tengo problema en poner mi nombre...

—Tu ayuda estuvo perfecta, no sabes cuánto aprendimos, ahora sabemos exactamente cómo funcionan estas cosas, de verdad, aseguró Nilda como si fuera mentira.

Y la despidieron como a un familiar en desgracia al que estuvieron alojando por compasión en un cuartito del segundo patio. No volvió a saber de ellos hasta el correo en el que Nilda la invitó a ir a El Salto el sábado a las cinco de la tarde para participar en un carnaval cultural de las organizaciones del sector.

La Caldini advierte que Zanelli se resta de la conversación para mirar continuamente si entre los organizadores que caen como goteras está la persona que aparentemente espera. Salvando la barrera, se acerca a explicarle que la otra noche malentendieron sus intenciones. Pero la aclaración no modifica la distancia que en realidad se instaló entre ellos cuando se negó a que él se quedara dentro, como le decía.

Nilda le va presentando a los que se integran a la marcha de acuerdo al pasaje en el que viven. Los tambores son del Dignidad, las bailarinas del Honradez, los voluntarios del Fraternidad, el dirigente del Bondad, los parientes y amigos del Lealtad y el Valor. Zanelli sigue la columna desde la vereda con la bicicleta en la mano. A la Caldini le parece que un grupo de señoras de los pasajes Trabajo y Compañerismo lo reconocen y cuchichean entre ellas. Él también las ha visto y baja la mirada para no incomodarlas.

El dirigente informa a través del megáfono rojo el trayecto que van a realizar. Voluntarios del pasaje Fraternidad levantan una gran sábana parchada: *No a Seguridad y a Orden*. Un petiso con el ojo caído que vive en el pasaje Armonía se acerca a saludar y se lo presentan como el Juan, el compañero que en 1986 la acompañó desde *El Portavoz* hasta aquí. Zanelli pregunta por el Negro. Nilda no le puede decir que fue a buscar a los organizadores porque ya están todos aquí. La dejan con el Juan y parten a buscarlo. La Caldini le pregunta si todavía participa en política y el Juan le contesta que dejó de militar el año 94, cuando hacerlo perdió sentido. No se atreve a preguntarle si ahí se le cerró el párpado.

—Ahora ocupo mi energía en perseguir una mentira.
—Cuéntame, le pide intrigada.
—Antes el aniversario de la población era una verdadera fiesta popular con carros alegóricos, elección de reina, fondas… La dictadura prohibió la celebración pero el Movimiento Rebelde Juvenil rescató la fecha y la hizo coincidir con su aniversario el 19 de octubre. Estábamos convencidos de que esa era la fecha de la fundación de El Salto hasta que un domingo escuché una conversación entre dos viejos que participaron en la toma de terrenos que dio origen a esta población.

Mientras el Juan le cuenta su búsqueda en los archivos de la municipalidad, en el Archivo Histórico Nacional y en la Biblioteca del Congreso o rastreando entre sobrevivientes, a la Caldini le parece reconocer al hijo de la escritora que cruza el Pasaje Sócrates arrastrando una cadena que saca chispas al cemento. Detrás de él van sus dos amigos con una mochila a la espalda cada uno. Al llegar a la esquina donde se juntaría con Nilda escuchó ladridos del lado del cerro y le extrañó no ver perros en las calles. Un poblador del pasaje Paz tomó a mal su pregunta y le dijo que se los comen.

—Así fue como comprobé que El Salto, continúa el Juan, no fue una toma de terreno sino tres que se hicieron en fechas distintas, por lo tanto son tres fundaciones y tres aniversarios.

Juan la espía por el ojo bueno:

—¿Te das cuenta? Mi descubrimiento va a terminar con esa mitología nefasta de un origen monolítico y le devolverá a El Salto la diversidad de sus orígenes.

Para suerte suya, aparece la compañera de Juan, que se mudó de la casa de sus padres en el pasaje Amor al Armonía.

—¿Y qué pasó con el carnaval?, les pregunta.

En vez de sumarse a la columna, como el dirigente predijo que ocurriría, los vecinos cierran puertas y ventanas para impedir que el carnaval se les meta dentro.

—¿Te acuerdas de las colonias urbanas que organizamos en los 80?, le pregunta la compañera al Juan.

—Era otra cosa, las organizaciones de antes sí que valían la pena. Eran la antesala de todo lo que uno aspiraba como sociedad.

—Acuérdate de que en el taller de arpilleras las señoras discutían hasta el sentido político de las imágenes que bordaban, no como ahora que buscan lo más comercial para venderlas y punto.

Juan culpa del cambio a los jóvenes anarcos que proliferan en el sector.

—Hace unos días hablé con un grupo que conozco y les pregunté qué nivel de instrucción tienen para quemar una micro. Ninguna. Se suben con un bidón de parafina y le prenden fuego.

—¿Son tres que tienen los cuerpos tatuados?, le pregunta.

—Hay grupos de tres, de cinco, de dos, todos llevan tatuajes.

Nilda y Zanelli regresan sin el Negro. El dirigente del megáfono convoca a un comité de crisis con un representante por pasaje para deliberar si continúan adelante o vuelven a la sede. Como la decisión va a tardar, Nilda se ofrece a mostrarle a la Caldini los famosos pasajes de El Salto donde combatían los pobladores con piedras a los militares armados.

—Vamos, ¿no viniste a reconocer?

No la animan tanto los recuerdos como la curiosidad por ver qué ocurrió aquí en estos casi treinta años. Revisando en su computadora encontró un antiguo archivo que en algún momento traspasó de un floppy disc de 3,5 a un pendrive, con un currículum que debió escribir antes o después del viaje a Nicaragua. Allí figuraba que entre 1985 y 1986 trabajó como asesora del boletín poblacional *El Portavoz*, órgano de la Coordinadora de Pobladores de El Salto. Nilda y Zanelli no mintieron respecto a esa parte de la historia, pero falta aclarar por qué la joven de 20 desapareció durante la protesta y un año después apareció haciendo dedo para ir a conocer una revolución.

Los pasajes que Nilda le muestra están pavimentados y los autos estacionados apenas dejan espacio para caminar. Los que tienen pasto, árboles, flores y bancas cerraron el paso con una cadena. Nilda las retira como si fueran la tranca de un camino público. De las viviendas originales que el Estado construyó para urbanizar las tomas de terrenos queda únicamente la base sobre la que los vecinos fueron superponiendo y anexando mansardas, balcones vidriados, galerías, terrazas... Cuando los albañiles que trabajan en las construcciones del barrio alto vuelven a sus casas deben contar cómo viven los ricos; entusiasmados por el relato, los vecinos les encargan una mansarda, un balcón vidriado, columnas... A los añadidos les falta pintura, vidrios, cortinas, aislantes... Las rejas bajas, de madera, fueron parchadas con zinc, cholguán, tablas usadas, cartones, mallas, vidrios rotos, alambres de púas, avisos de alarmas, perros.

—Bueno, ya estás aquí. ¿Qué te parece?

Nilda abre los brazos como si las casas, el pasaje, los vecinos continuaran siendo fieles al relato heroico. Es imposible que no vea que si alguien necesitara esconderse, tendría que esperar de este lado del muro a que salgan a abrirle. Y aunque hubiera un apagón y pusieran velas en las ventanas, como según el buscador se iluminaban en 1986, de la calle no se vería la llama. Tuvo que haber ocurrido una catástrofe para que los pobladores buscaran la seguridad tras estas fortalezas parchadas. Imagina a la joven de 20 caminando por los pasajes de tierra, cada paso la separa de las tentaciones que años más tarde configurarán el Registro Nacional de la Entrega, y la acerca a las casas, enrejadas de la Fraternidad, la Bondad, el Compañerismo, la Dignidad. Nilda saca un cigarro y no lo enciende. A través de la única reja que deja pasar la mirada advierte que todos los espacios que tenían tierra fueron cubiertos por cemento o baldosas baratas; las únicas plantas crecen en macetas, tinajas, cacerolas, canteros. Un hombre que pela una manzana con un cuchillo carnicero abre la puerta y las queda mirando. La madre que va a despedir a su hija cierra la verja con doble llave. La cadena a la entrada del pasaje también fue puesta para ellas. Nilda guarda el cigarro que no prendió. Las únicas piedras que hay están al fondo de los maceteros y sirven para drenar el agua con que las riegan.

En la calle principal las recibe un manto de luz blanca y brillante; como si las manillas del reloj hubiesen retrocedido, ha vuelto a ser de día aunque el cielo está estrellado. Borrar la oscuridad de las calles debe ser parte del plan de seguridad que eliminó el paseo con los ciruelos, los olivos y las acacias; así como extirpar a Zanelli fue parte de la pacificación. La marcha volvió a la sede social. A la Caldini le tiemblan las piernas como si fuesen dos trozos de lana; mira hacia abajo, parecen estar firmes. La última vez que sintió que sus piernas la iban a dejar caer fue durante el terremoto del 27 de febrero.

—¿Te sientes bien?, le pregunta Nilda.

Si le dice que tiene miedo, le va a preguntar: ¿de qué? Los muros parchados la protegen de lo que ocurre al interior de las casas y afuera no parece haber peligro, a menos que el miedo pertenezca a la joven de 20.

La asamblea está reunida en las afueras de la sede. La Caldini comprende que la feria del libro es una pantalla para invitar a los pobladores a participar de la votación en la que van a escoger los nombres de los dos nuevos pasajes que la municipalidad pretende bautizar como Orden y

Seguridad. La joven de pelo negro del pasaje Abnegación y su amiga del Honestidad se han quedado para participar de la votación. La joven guardó la chaquetita de lamé en la cartera. El dirigente de Bondad invita a proponer nombres. Valor y Compañerismo se ven obligados a levantar la mano para indicar que ya existen. Responsabilidad tiene solo dos votos. Autoestima consigue tres. La Tolerancia no entusiasma y la Diversidad queda en suspenso. Como ya no quedan palabras sueltas, apelan a una combinación. Al momento de votar ganan el Bien Colectivo y la Felicidad Universal. Un fogonazo azul cruza el cielo; la mano de Zanelli toca su hombro:

—No pasa nada. Tiraron una cadena a los cables del alumbrado.

Abnegación y Honestidad deciden partir pero un tambor del pasaje Dignidad les recomienda que es más seguro permanecer allí junto a los demás. Al cortar con la cadena la luz pública que los enceguecía, el hijo de la escritora les ha devuelto la visión. Los que están en la vereda se pasan a la calle.

—¿Tienes miedo?, le pregunta a Abnegación un joven del comité cultural de Libertad.

—Un poco, responde avergonzada.

—Es que su papá no la deja participar en marchas, explica su amiga del pasaje Honestidad.

—Fue dirigente de los pobladores durante la dictadura y quedó medio traumado.

—En su casa guarda panfletos que imprimían aquí en la parroquia cuando era de los pobres, cuenta Honestidad.

—También tiene un montón de música de protesta y una grabación con los gritos de esa época, añade Abnegación con orgullo.

—Yo tengo un primo que peleó en las protestas, dice Libertad.

El camarógrafo que, según Nilda, filma la feria del libro para subirla a la web de la municipalidad, ya enfocó los dos tablones y no se le ocurre adónde más apuntar la cámara; les pregunta qué gritos conocen. Los jóvenes se consultan.

—Y va a caer / y va a caer, empiezan.

—La dictadura militar, completa Abnegación, y ríen.

El sonidista les acerca el megáfono rojo:

—¿No podrían hacerlo con esto para que se escuche mejor?

—Se va a acabar / se va a acabar, grita Dignidad.

Zanelli, Nilda y el Juan escuchan sorprendidos los gritos que quedaron sumergidos bajo tierra durante tantos años aflorar ahora en la calle.

—La dictadura militar, rematan los tres amigos.

La compañera del pasaje Amor avanza hacia ellos aplaudiendo con las manos sobre la cabeza.

—El ritmo es un poco más rápido, les indica Nilda, pedagógica.

Los jóvenes aceptan ensayar con ella para dar con el ritmo. Dos señoras que no se deciden a bajar de la vereda la observan.

—¿Usted se acuerda de nosotras?, le gritan.

—¿Son de *El Portavoz*?, grita la Caldini a su vez.

Las señoras bajan a la calle.

—Participábamos en un taller de sexualidad que organizaba la revista *Qué hacemos* en nuestro pasaje, Justicia Social.

—La sexualidad nos hará libres, nos decían. No digamos que le achuntaron, se burla la segunda señora.

—Usted nos entrevistó para la revista. Mire, aquí sale. Le muestran su nombre en el buscador del teléfono.

La Caldini recuerda la revista, no que hubiese trabajado en ella, menos las confesiones de las mujeres.

—¿Y sobre qué las entrevisté?

Se miran y ríen:

—Sobre nuestros orgasmos.

—El director dijo que teníamos que contarle todo lo que sentíamos para que otras mujeres tomaran conciencia de que las cosas pueden cambiar primero en el individuo y luego en la sociedad. No sé qué le habrá pasado a usted con lo que le contamos, ríen.

Pero al advertir que sus intimidades no dejaron huella en la periodista, sus entrevistadas regresan a la vereda.

—A ver, a ver / ¿quién lleva la batuta? / ¿Los pobladores / o los hijos de puta?, cantan los jóvenes.

—Los pobladores, corean todos.

Los vecinos que no salieron de sus casas con el carnaval se acercan a preguntar por qué las consignas contra la dictadura. El dirigente de Bondad les comenta que están grabando un documental histórico sobre las protestas en El Salto y los invita a pasar a la feria del libro pero los recién llegados prefieren quedarse junto a la cámara. Nilda se entera por Abnegación de que su padre estuvo en las protestas y le pide que vaya a buscarlo y que si tiene amigos de esa época los traiga. Una abuela del pasaje Patria va por sus nietos para que salgan en la tele y una vecina del Generosidad ofrece traer al hermano que recibió un balín de goma y todavía tiene la cicatriz. Las viejas del pasaje Trabajo y Compañerismo se acercan a Zanelli y con lágrimas en los ojos se disculpan por no haberlo visitado en la cárcel. Zanelli las besa y abraza. Tambores, bailarinas y voluntarios arrastran ramas de la poda que los municipales dejaron en la vereda. Un automóvil se ve obligado a regresar, el de más atrás se sube al bandejón central y sigue a contramano. Traen un tambor cortado a la mitad que todavía huele a chorizo asado. La compañera del Juan indica que antes de la fogata y de la barricada viene el caceroleo. Le preguntan quién va a tocar si ellos están ahí. En un arranque de osadía propio de los tímidos, Abnegación agarra el megáfono y grita:

—Ea ea los mirones / no se hagan los huevones.

—Ea ea los mirones / no se hagan los huevones, corean los demás.

Un vendedor guarda las bebidas que le sobraron de la feria y manda a su hijo a buscar cervezas. Nilda saluda al padre de Abnegación como a un viejo conocido. La amiga del Honestidad trae a una prima del Valentía que organizaba sindicatos. Los niños no hacen caso de las amenazas maternas y juegan fútbol en la calle. Los que tienen frío se acercan a la fogata. Voluntarios traen sobrantes de las mansardas, las columnas y las galerías para armar una barricada. No es posible que todo esto forme parte de lo que Nilda llamó hace unas semanas la organización de su visita. Si no estuviese viendo con sus ojos la historia revivir al azar, la Caldini creería que tienen los roles estudiados desde antes, incluso Abnegación y el hijo de la escritora y hasta la cadena.

—Compañero Victor Jara: Presente. Ahora: Y siempre. ¿Quién lo mató?, pregunta la Paz.

—El fascismo.

—¿Quién lo vengará?

—El pueblo, contesta el ex dirigente y padre de Abnegación.

—¿Y cómo?

—Luchando / creando / poder popular.

Abnegación pregunta en voz baja qué es el poder popular. Nilda le dijo a la Caldini en el bar que ella no era la única interesada en volver a El Salto. Alguien pudo proponerle recrear una protesta para un documental y decidió regalarle a Zanelli un reencuentro con los pobladores que tanto lo querían antes de que fuera a la cárcel.

El cielo se cubre con el humo negro de las llantas encendidas que hay en esta ¡y en la siguiente cuadra! La Caldini aprovecha la confusión para acercarse a Zanelli.

—¿Me gustaría saber qué le respondiste a la joven de 20 cuando te pidió entrar al Movimiento Rebelde Juvenil? Porque a eso vino, ¿o no?

—Creí que no lo querías recordar.

No lo recuerda.

—Te dije lo mismo que a todos nuestros simpatizantes, que necesitábamos chequear tus antecedentes.

—¿Solo eso?

—Te pregunté si eras dirigente de tu universidad, me dijiste que te daba vergüenza hablar en público. Supuse que tampoco sabías de armamento.

—Supongo también.

Los del comité juvenil quieren ir a bautizar los nuevos pasajes antes de que la municipalidad les gane con Orden y Seguridad. Zanelli le propone, como en 1986, que lo acompañe a supervisar la barricada en la otra cuadra. Del momento en el que se alejaron por entre la negra humareda a Nilda le quedó grabada la admiración con que la joven de 20 lo escuchaba hablar.

—Los estaba buscando, les dice Nilda yendo a su encuentro.

—Voy a ver qué está pasando, le avisa él.

—Mejor le decimos al Juan, afirma Nilda con suavidad.

Zanelli se dispone a rebatir pero el papel que lo obligaron a firmar renunciando a la vía armada se lo impide. En una casa abren las ventanas para dejar salir las canciones de protesta, se escucha tan mal como la grabación de Tilusa, el payaso triste, en la Calaguala.

—Necesitamos piedras, urge un voluntario de Fraternidad.

—¿Y de dónde las sacamos?, preguntan los de Solidaridad mirando el cemento que el gobierno puso por todos lados para su seguridad.

—Yo conozco una construcción cerca de aquí.

Hacia allá parten los del comité. Dos bailarinas pasan arrojando panfletos impresos a mimeógrafo en un papel amarillento con la silueta de un encapuchado con una honda: «Parar la tiranía! Ahora». Abnegación tuvo que haberlos sacado sin que su padre se diera cuenta.

—El pueblo unido jamás será vencido, gritan en alguna parte.

—El pueblo armado jamás será aplastado, responden en la barricada.

Abnegación se acerca a su padre, él le recuerda que están en democracia y que no hay de qué temer. La Caldini siente que durante treinta años tuvo el miedo guardado dentro y su cuerpo, confundiendo la representación con lo real, lo está liberando.

—¿En qué parte del organigrama ibas a poner a la joven de 20 cuando chequearas sus antecedentes?, le pregunta a Zanelli.

—Te propuse que te integraras como ayudista.

—¿Qué hace una ayudista?

—El concepto existe solo en Chile, es una persona que coopera en un delito y que no necesariamente es autora del mismo.

—¿Y en qué delitos iba yo a cooperar?

—Chequear que los puntos estuvieran limpios.

—¿Y?

—Chequear itinerarios para planificar recuperaciones.

—¿Y?

—Transportar documentos.

—¿Y?

Zanelli duda:

—Trasladar armamento.

—¿Te pareció que la joven de 20 podía ser una ayudista?

Un sonido que solo ha escuchado en la televisión o en el cine se propaga como una ráfaga atravesando el aire con su chasquido.

—¿Qué pasó?

Desde Justicia Social hacia el otro lado de la avenida cae una impenetrable negrura.

—Anarcos culeados.

—Vamos Chile, caramba. Chile no se rinde, caramba.

Las luces de celulares y encendedores se mueven como luciérnagas. La oscuridad atrae a los que durante todos estos años de intensa luz blanca no se atrevieron a salir. Las llamas desfiguran los rostros o quizás estos están más viejos, hinchados, arrugados, con la piel suelta; unos pocos continúan sin afeitarse, algunas conservan el pelo largo pero teñido. Las zapatillas casi nuevas delatan que se las pusieron por si es necesario correr para salvarse. Entre ellos pasan los dos amigos del hijo de la escritora, una de las mochilas está vacía. Detrás viene el Negro. A la Caldini no le sorprende que este haya ocultado a Zanelli parte de la conversación que sostuvo con los usurpadores del nombre del movimiento. Las señoras que entrevistó le presentan a una mujer que hace de segunda voz en el taller de canto de Nilda.

—Cómo tiene que haber sido de aburrido lo que le contamos que no se acuerda, ríe la entrevistada 1.

—¿Y por qué vino para acá? ¿Acaso en el barrio alto las mujeres no tienen orgasmos?, pregunta la segunda voz.

—La revista ayudó a muchas mujeres, se ofende la entrevistada 2.

—¿Y dónde se consigue?

—Ya no la publican.

—Ah, ¿se acuerdan de que en esa época éramos famosos como el sujeto popular? Todos hablaban de nosotros, ¿y qué pasó? Ahora somos sujetos a crédito, se burla la segunda voz.

La Caldini reconoce el término que aparecía en todos los documentos escritos por los intelectuales y dirigentes políticos financiados por los fondos internacionales para luchar contra la dictadura. Incluso Chandía volvió del exilio con una beca para trabajar en una ONG como investigador. Llegó a ser director. El buscador no encontró ninguna investigación a su nombre.

—A ver, a ver / ¿quién lleva la batuta? / ¿El pueblo unido / o el hijo de puta?

—El hijo de puta, corean en la barricada.

La segunda voz le cuenta a sus entrevistadas que está pensando en dejar el taller de Nilda porque las obliga a cantar folclore. La entrevistada 1 le pregunta por qué no le pide que les enseñe canciones «más modernas». Pero la segunda voz no cree que Nilda vaya a cambiar porque el taller lo financian los de la municipalidad y no le conviene contradecirlos. La Caldini se pregunta si en 1986 los pobladores ya desconfiaban entre ellos y de los ideales. Y si la joven de 20 también dudó. Si su inquietud se limitó a los dirigentes del PSP o se extendió a los del Movimiento Rebelde Juvenil. Al año siguiente, en la frontera de Nicaragua, la joven, ya de 21 años, angustiada por las ametralladoras que se escuchan en la frontera, mientras en el lavatorio cae persistente una gota de agua, le escribe a su mejor amiga en Chile: Y si no creo en esto, ¿en qué?

Los voluntarios del pasaje Constancia y los tambores de Dignidad agrupan las piedras que trajeron de la construcción. Dos de ellos se acercan a Zanelli:

—Sabemos quién eres. Estrechan su mano con orgullo. Necesitamos tu ayuda para proteger a la población.

Zanelli acaricia la franja de piel que rasuró al salir de la cárcel. Se lo advirtió a Nilda y al Negro en el Fiat 147: «No estamos listos para dirigir», pero ahora se acercan a pedirle que les enseñe. Coge una rama que dejaron caer los que alimentan la fogata y en la franja reseca en la que alguna vez crecieron flores dibuja tres anillos y marca la ubicación para las barricadas, las fogatas, las zanjas, los alambres tensados de un lado a otro de la calle…

—¿Vio cómo pusieron los nombres que ellos quisieron a los pasajes?, le pregunta la segunda voz.

La Caldini vio la votación a mano alzada pero las mujeres no le creen a sus ojos. Encuentran que los nombres son demasiados largos.

—¿Qué es la Felicidad Universal? ¿Qué me importa si en China son felices? Yo quiero que mi familia sea feliz. ¿Y qué es el Bien Común? ¿Vio los palos blancos que pusieron? Trajeron gente de Los Héroes y hasta de las Achiras para votar a su favor. Yo vi a unos del pasaje Hegel. Así cualquiera gana. ¿Y qué hay de malo en Orden y Seguridad? Es lo que queremos para nuestras familias, ¿o no? ¿Cuándo nos vamos a hacer escuchar? Para el lado de Recoleta los vecinos se organizaron y tienen una radio popular. ¿Y dónde la consiguieron? Una ONG se las dio. Yo conozco a uno que trabaja ahí, todavía le quedan radios para repartir pero se les acabó el dinero para costear la instalación, yo podría conseguir una. La idea de transmitir su verdad los entusiasma. Un técnico eléctrico se ofrece a instalarla si compran los insumos. Otro trabaja en la Casa Royal y puede sacar los materiales con descuento. Paralelamente a los ofrecimientos pero en un tono más bajo, voces plantean que el técnico deja todos los trabajos a medias y el vendedor de la Casa Royal trae puros materiales de segunda que cobra como de primera. Abnegación y Honestidad sueñan con hacer un programa de rap; las bailarinas de Honradez, uno de hip hop; la segunda voz insiste con la música moderna y las señoras de los orgasmos con un programa sobre la violencia contra la mujer. Le preguntan a ella que es periodista cómo pueden hacerlo. A la Caldini le parece que los ladridos están bajando del cerro y se aproximan; a nadie parece preocuparle la fábula del ejército libertador, no deben creer en la veracidad de un ejército que bajará de un cerro para liberarlos.

—Usted podría hacernos una capacitación, sugiere Abnegación.

—Lo siento, nunca he trabajado en radio.

—Eso no es verdad, refuta la prima del Valentía mostrando los resultados de la búsqueda en la web que hizo desde su teléfono.

—Enséñenos a redactar lo que queremos decir, le piden.

No puede creer que esa noche de 1986 esté volviendo a ocurrir. El señor que dice conocer a la ONG que dice tener una radio que dice poder conseguir se muestra preocupado porque si la instalan en la sede social, la junta de vecinos podría apropiársela. Alguien ofrece la parroquia pero el sacerdote podría censurarlos; ofrecen una casa pero podrían robarla; el club deportivo, la escuela… en todas partes corren el riesgo de perder lo que todavía no existe.

—Estás aquí, la distingue Zanelli.

—Esta vez no voy a desaparecer, bromea advirtiendo a la morena alta y delgada con una chomba roja de lana artificial tejida a palillo que está con él.

—Si llega a ocurrir cualquier cosa, busca a Nilda o al Juan, ellos te llevarán a una casa de seguridad.

Se pregunta si la joven morena que lo acompaña es una venganza por lo que él consideró un rechazo o si simplemente no se le ocurre que la aparición de otra le pueda doler. O quizás ya existía y no le contó.

—Los pacos, están entrando los pacos.

El mensajero grita la noticia y se dirige rápidamente a las fogatas que siguen. Alguien ordena que no corran. Demasiado tarde para la estampida. La morena toma la mano de Zanelli:

—No puedes quedarte aquí.

—Antonio, ¿dónde estás?

La Caldini reconoce la voz de Nilda a lo lejos llamando a Zanelli por su nombre de pila. Los jóvenes del Constancia llegan con la noticia de que tres de los cinco piquetes de tiradores móviles que apostaron en las entradas están comenzando a ceder. Escuchan gritos, carreras, el humo de las lacrímogenas hace picar la nariz.

—Pacos culeados.

—Cállate, huevón, van a saber donde estamos.

—Vuelve adonde está Nilda, ahora, la urge Zanelli.

La materia que rellena su rostro ha vuelto a desinflarse, aparecen en la superficie el maxilar, los palatinos, el hueso malar, las conchas nasales, los huesos lagrimales.

—Antonio, escuchan gritar a Nilda desesperada.

—Vamos ya. La morena jala a Zanelli del brazo.

Los jóvenes del Constancia se detienen a esperarlo. El padre de Abnegación corre torpemente por el medio de la calle donde no solo puede llegarle una piedra, también un disparo; grita como un alucinado:

—Nos van a matar a todos.

—Ojalá algún día podamos seguir conversando. Abnegación deposita un beso en la mejilla de la Caldini.

Las llamas de la fogata iluminan la figura de Zanelli, que va junto a los jóvenes a reorganizar la defensa. Camina apenas debido al dolor que ataca el costado de su estómago. Cómo no lo vio antes: por eso le concedieron el indulto, saben que no va a escapar a la muerte. Por todas partes pasan pobladores corriendo. Intenta ir con ellos pero sus piernas no le obedecen. Antes de separarse en 1986, Zanelli le advirtió a la joven de 20 que el compromiso con el Movimiento Rebelde Juvenil era de vida o muerte. Como ayudista deberá callar sus opiniones políticas y desaparecer de todas las actividades, incluso de las de su curso; nadie debe saber que militas con nosotros, le advirtió, si alguien te pregunta por qué no participas en la lucha le dirás que ya no crees en la izquierda. Aunque los ayudistas no son necesariamente autores, debido a su relación de cercanía con estos, la policía podría seguirlos y dar con ellos. La joven de 20 cree en una sociedad justa, democrática y popular. Ha visto con sus propios ojos la traición que se incuba al otro lado de la ciudad. Por eso vino hasta aquí, para comprometerse con la lucha en la que cree, Zanelli lo entendió así y por eso aceptó que luche con ellos por la revolución. Los del pasaje Amor vierten un bidón de parafina y la llamarada sube al cielo. Nilda y Juan la ven. Nilda le grita: Carlota. Y agita las manos por sobre las cabezas para que la joven de 20 los vea. Los militantes que conocen el nombre político de Nilda se extrañan de que se llame a sí misma. La joven de 20 escucha su nombre y, en vez de ir hacia la casa en la que estará segura, se pierde en la multitud. No vuelven a saber de ella hasta que la Caldini se presenta en la casa de El Salto con Zanelli.

Nunca se sabrá lo que esa noche la llevó a huir de Nilda y Juan. Lo que vino después está escrito en el cuaderno que guarda en el baúl del que no tiene la llave. En la disyuntiva de dar o no la vida por la revolución, la joven de 20 decide ir primero a conocer una revolución. Y cuando vuelve de Nicaragua ya no hay motivos para dar su vida.

El segundo estruendo es tan fuerte que sus oídos se tapan.

—¿No me escucha? Corra, la empuja la entrevistada 1. Los pacos están por todos lados.

La Caldini sigue a su brazo asido con fuerza por la mujer. Los barrios que tenían luz oscurecieron con la bomba que cargaban los amigos del hijo de la escritora en la segunda mochila. Se escuchan carreras, disparos al aire, golpes, gritos. Las casas han cerrado los muros, las rejas, puesto las puntas de fierro, los pedazos de vidrio, las púas.

—Vamos a mi casa, está ahí nomás.

Le gustaría saber dónde queda ahí nomás pero la entrevistada 1 se larga a correr. Tiene que mirar el suelo para no tropezar. Vislumbra a un grupo, teme que sean policías, su entrevistada grita que no se detenga. Son pobladores que no han podido volver a sus casas porque la policía ya entró al sector. La Caldini corre hacia el final del pasaje, su entrevistada no está. En Justicia Social solo queda un grupo que tira piedras. El humo de las lacrimógenas no deja ver si impactan a un policía, pero el sonido indica que caen en el pavimento o contra los muros.

—Si esto no es el pueblo / ¿el pueblo dónde está?

—El pueblo está en la calle / pidiendo libertad, se contestan ellos mismos.

Se devuelve a buscar al grupo de pobladores con el que se cruzó: han desaparecido. Toca el timbre de una casa pero nadie se asoma. Ignora hacia dónde puede ir, teme equivocarse y llegar de frente a la zona ocupada por la policía. Cree recordar que después de Alva Edison viene Marconi… ¿o era Madame Curie? En vez de inventores, pasa a la minería: Chuquicamata, El Salvador, encuentra una reja abierta, desde el segundo piso una voz la conmina a retirarse de su propiedad. Una mujer llama a su gato y la hacen callar. Cansada, resbala hacia el piso con la espalda apoyada en la puerta de un auto, el cemento le hiela el trasero. Escucha un maullido, el gato está debajo. Estira el brazo para cogerlo y lo siente huir. Calcula que hay suficiente espacio y se desliza bajo el chasis, su pecho roza el cemento. Desde ahí abajo alcanza a ver las ruedas de los autos estacionados y los pastelones; los oídos, estimulados por la oscuridad, captan todo lo que ocurre alrededor. Un tercer estruendo remece la tierra como no lo hicieron los anteriores. Los jóvenes llevaban solo dos mochilas, a menos que el Negro… Sobre el capó del auto caen ramas, trozos de concreto, cables; teme quedar atrapada entre los fierros; estallan los vidrios, escucha gritos de horror, patadas, amenazas, como si un ser sobrenatural arrancara las casas, los árboles, los automóviles, dejando solo destrucción a su paso; escucha un silbido escapar de la rueda trasera. Cuando se desinfle, quedará atrapada por el chasis. Le parece que el tanque toca sus cabellos. Tiene la sensación de que los movimientos de la tierra se espacian y lo que se soltó, termina de caer. Se hace el silencio. Un árbol cruje. El auto desciende un poco más, ella consigue arrastrarse afuera. Un manto blanco y brillante la ciega. Achina los ojos para acostumbrarse a la claridad que separa la civilización de la barbarie y descubre que todo está igual a cuando llegó. Los pasajes pavimentados, los autos, el pasto, los árboles, las bancas, las cadenas que cierran el paso a los extraños, las mansardas, los balcones, las galerías, las falsas columnas, las puntas de fierro. Un hombre que pela una manzana con un cuchillo carnicero se asoma a la puerta, una madre despide a su hija y cierra con doble llave. Atraviesa Patria, toma Sinceridad, a la izquierda Constancia y, a la derecha, Libertad. No aparece ninguna avenida. En algún pasaje tuvo que equivocarse, vuelve a tomar a la derecha por Amor, pasa Valor, Trabajo, Bondad. Se acerca a una casa para preguntar cómo puede salir de ahí, advierte que los muros no tienen grietas, que a los árboles no les falta ninguna rama. Golpea los barrotes, suenan huecos, prueba con una pared, hueca. Cree recordar que por Honradez se va a Justicia Social. Llega a Parque Central y a la avenida El Salto.

Los que esperan en la parada de buses la observan con asombro. Su ropa está llena de tierra y de manchas de aceite. Por la calle que sube hacia el paseo de Los Héroes, donde están las torres de alta tensión, cree ver a Nilda, lleva el pelo teñido. Grita su nombre pero el bus que se aproxima en dirección contraria ahoga su voz. Decide avisarle que está bien. Al otro lado se encuentra con sus dos entrevistadas que suben como Nilda hacia la explanada en la que Zanelli detuvo la Honda 125 cc. Se acerca a contarles que está a salvo. La miran sin entender. Menciona la revista *¿Qué hacemos?*, la entrevista sobre sus orgasmos.

—Tiene que haberse confundido, le responden sin dejar de subir.

Cuando la abogada le explicó que iba a tener que escribir su pasado para defenderse en el tribunal le advirtió: «Es muy importante que recuerdes los detalles, son los detalles los que probarán tu inocencia». Con esfuerzo trajo al presente algunos recuerdos generales que podían ser suyos o de una mujer que vivió en la misma época con un hombre que podía o no ser Rocha. Como no encontró los detalles que necesitaba, decidió trabajar con la memoria de la web. Escribió en el buscador nombres, lugares, fechas, situaciones, ideas… Luego se encontró con Zanelli frente a los Tribunales de Justicia y, como le pareció familiar, puso los datos que él le dio en el buscador. Lo mismo con Nilda, el Negro, el Movimiento Rebelde Juvenil, la escritora que murió sin reconocimiento, la bizca del bar, la Calaguala, los hula hula, Tilusa, Chandía, los gritos contra Pinochet, El Salto… Cuando no arrojaba resultados, el buscador le ofrecía otra cosa: «quizás quisiste decir…», y ella aceptaba. Sus entrevistadas, Nilda, Zanelli, la abogada, Juan, la-jueza-que-favorece-a-los-hombres, todos debieron hacer lo mismo con ella y entre ellos.

—¿Me presta su teléfono? Solo un momento, le ruega a la entrevistada 1. Por favor, insiste al advertir su desconfianza. No se lo voy a quitar.

Al disponerse a tipear el nombre de la revista *¿Qué hacemos?* para demostrarles que se conocen, cambia de idea y pregunta cómo funciona la búsqueda. El buscador se busca a sí mismo y descubre que cuando preguntó por grietas en el muro lo que hizo —el buscador— fue predecir lo que tal vez ella estaba buscando o entregarle un significado similar en función de su región geográfica, su historial de búsqueda y otros factores que omite nombrar. Desde que comenzó a buscar su pasado, el sistema evolucionó tanto que si comenzara hoy, aparecería otro pasado. No solo eso. Su búsqueda afectó a millones de búsquedas paralelas y simultáneas que cambiaron el giro de la historia no sabe en cuántos grados. La entrevistada 1 le pide su teléfono:

—Lo siento, tenemos que irnos, miente.

Al llegar a la ancha avenida de cemento en la que Zanelli detuvo la Honda 125 cc para mostrarle los árboles que plantaron los pobladores antes de que lo tomaran preso, le sorprende no encontrarse con las torres de alta tensión. No es que hayan caído con las explosiones: desaparecieron. El sonido que en su primera visita confundió con el zumbido de una colmena se asemeja al rumor de las aguas subterráneas que corren por debajo de la falsa acacia donde el vecindario deposita su basura. Niños, adultos y mujeres bajan del cerro con piedras en las manos o apretadas contra el pecho. Las hay planas, con forma de corazón, con vetas, cuarzos, redondas, azules, cafés, negras.

Esta mañana, antes de ir a El Salto, decidió escribir los síntomas del departamento en el buscador: vacío por dentro y por fuera, un rugido sordo que hace vibrar las ventanas cuando los autos pasan por la calle, su sensación de que abajo está hueco, el ruido de agua subterránea que escucha a los pies de la falsa acacia donde los vecinos dejan la basura, la resonancia anómala al golpear con la mano cualquier superficie, su sensación de estar en una caja que amplifica los sonidos volviéndolos profundos y penetrantes, las baldosas que suenan como si estuviesen sueltas, el eco que produce la puerta al cerrarse o un objeto cualquiera que cae al piso, los ruidos de explosiones en el área… El buscador asoció los síntomas a un mismo fenómeno. La Caldini recorrió con sorpresa las fotografías tomadas en distintos lugares del planeta. En cosa de segundos la tierra se tragó edificios, automóviles, carreteras, puentes y calles como si la superficie del mundo se estuviese quebrando poco a poco. Ni las fuertes lluvias ni la presencia de viejas minas abandonadas ni las excavaciones logran explicar el origen de los más de 500 socavones que continúan siendo un misterio para la ciencia. El último ocurrió en la provincia china de Sichuan, en las antípodas de Santiago: a las dos de la mañana, un hombre joven escuchó un estruendo y fue corriendo a su casa a buscar a su esposa, abrió la puerta del dormitorio y se encontró, a los pies de la cama vacía, con un enorme agujero.

La Caldini pasa por entre los jóvenes del comité juvenil, los tambores, las bailarinas, el dirigente del centro cultural, Nilda, el hijo de la escritora y sus dos amigos, el camarógrafo, el Negro, la segunda voz, el sonidista… Ninguno de ellos la reconoce o se reconoce entre sí. A medida que se acerca, el sonido del agua subterránea se hace más y más fuerte. Delante de los que permanecen parados hay una fila de personas sentadas con los pies en el vacío. Es imposible saber la extensión del socavón, si se tragó Patronato, su edificio, el cementerio, el paseo Bulnes, el río, La Moneda... Lo mismo hacia abajo. Los que están sentados en el borde con las piernas colgando toman una piedra y esperan. La compañera de Juan se frota las manos. Le toca a Abnegación. Coge una piedra redonda con puntitos blancos, echa el cuerpo hacia atrás y, levantando el brazo por sobre su cabeza, la arroja al vacío. El sonido del agua se interrumpe, queda un silencio como nunca antes se escuchó.

Santiago de Chile, 27 de febrero 2010 –
Buenos Aires, 16 de septiembre 2015